森林有童话

青蛙弗洛格的奇遇

〔美〕桑顿·伯吉斯（Thornton W.Burgess）著
〔美〕哈里森·卡迪（Harrison Cady）绘　沐雨 译

现代教育出版社
Modern Education Press

图书在版编目（CIP）数据

青蛙弗洛格的奇遇 /（美）桑顿 · 伯吉斯著；（美）哈里森 · 卡迪绘；沐雨译 . -- 北京：现代教育出版社，2019.1
ISBN 978-7-5106-6670-4

Ⅰ . ①青… Ⅱ . ①桑… ②哈… ③沐… Ⅲ . ①童话－美国－现代 Ⅳ . ① I712.88

中国版本图书馆 CIP 数据核字 (2018) 第 241971 号

青蛙弗洛格的奇遇

（美）桑顿 · 伯吉斯著；（美）哈里森 · 卡迪绘

译　　者	沐　雨
出 品 人	陈　琦
选题策划	王春霞
责任编辑	刘兰兰　魏艳平
装帧设计	翊　彤
出版发行	现代教育出版社
地　　址	北京市朝阳区安华里 504 号 E 座
邮　　编	100011
电　　话	（010）64251036（编辑部） （010）64256130（发行部）
经　　销	全国新华书店
印　　刷	北京飞达印刷有限责任公司
开　　本	880mm × 1230mm　1/32
印　　张	5.375
字　　数	150 千字
版　　次	2019 年 1 月第 1 版
印　　次	2019 年 1 月第 1 次印刷
书　　号	ISBN 978-7-5106-6670-4
定　　价	29.80 元

前　言

伯吉斯是美国著名的儿童文学作家，自然主义者，自然资源保护论者，他创作了大批童话作品，被称为“睡前故事大叔”。在欧美地区，伯吉斯的动物文学作品广受儿童欢迎，诺贝尔经济学奖获得者乔治·阿克洛夫、“迪士尼世界”的创始人沃尔特·迪士尼、“斯凯瑞金色童书”的作者理查德·斯凯瑞等名人、作家从小就是这些作品的忠实读者。

伯吉斯不仅一生笔耕不辍，更是积极致力于大自然保护事业。他成立“芳草地俱乐部”，呼吁人们保护草地；积极促成迁徙类野生动物相关保护法案的通过；成立“户外俱乐部”，并组织征文活动，帮助孩子们认知、爱护鸟类，呼吁孩子们做“我们本地鸟类的好朋友”；成立“睡前故事俱乐部”，呼吁听众“仁慈地对待大自然的孩子们，保护它们，让它们远离天敌的伤害”。

人类自灵长类动物进化而来，我们往往不知不觉地把心灵状态加诸动物身上。动物题材小说的意义在于我们从动物身上看到了自己，或者看到自己的另一面，这一面可能埋藏于我们的内心深处，也可能是生活中本就存在而我们并不自知的一种状态。因此，加在动物身上的人类情感，相当大一部分是我们自己意识的投射。动物与人、人与自然，三者和谐相处，共同融合成美丽温馨的画卷。对于儿童来说，充分享有让自己的想象停留在童年梦幻波长上，是快乐成长的特权。

一套优秀的童书要带给孩子阅读的快乐，心灵的愉悦，回忆的温暖，知识的增长，智慧的启迪，使他们产生对人生的种种向往。对于这样的目标，动物小说有着天然的优势，伯吉斯的这套书就很好地实践了上述的宗旨。打开这套书，轻快地读一读，开心地笑一笑，孩子们会发现书中有狡猾机警的狐狸、勇敢聪明的兔子、贪玩调皮的土拨鼠，这些主人公性格各不相同，遭遇的经历也大相径庭，每个故事里有历险奇遇，有曲折情节，有感动，有眼泪，有欢声笑语，有愉快歌声，主人公最后都凭借自己的努力和他人的帮助实现了自己的心愿。优美的文字、流畅的表达、引人入胜的情节为这套书插上了梦想的翅膀，孩子们读完书后会长长出一口气，仿佛自己也经历了一场冒险似的，仿佛自己也化身为可爱、聪明、有智慧的小动物一般，心中无限欢喜，又觉得意犹未尽。书中的主人公也有着各种缺点和不足，这并不能妨碍他们去追求欢乐和笑声，通过追寻生活的美好，从而找到生活的意义。孩子们的世界简单而快乐，需要的正是这种潜移默化的教育方式，需要的正是春风化雨般的文字温暖，生搬硬套、粗暴灌输、千篇一律，只会适得其反。

“黄梅时节家家雨，青草池塘处处蛙。”保护环境就是保护我们自己，人与自然和谐共生的理念要从娃娃开始培育。伯吉斯动物系列小说整体贯穿着这样一个思路：“关心、爱护野生动物，保护大自然。”通过这套书，小朋友们会懂得，尊重生命，不论中外老幼；绿水青山，理应全人类共享。

现代教育出版社编辑部

2018年10月

孟加拉印象[1]（代序）

[印度]　拉宾德拉纳特·泰戈尔

帕提萨　1894 年 3 月 22 日

我坐在舱口前，遥望着河面。这个时候，我突然看见一只长得很丑的水禽拼命朝对岸游去。与此同时，它的身后响起了不绝于耳的叫骂声和喊打声。我擦亮眼睛一看，原来那是一只母鸡。在即将

1　本文译自《拉宾德拉纳特·泰戈尔爵士书信集》，为节选。——清石译

被宰杀之际，它幸运地从船上的厨房里逃了出来，而后跳进水中，拼命向对岸游去。可是，就在它即将爬上河岸的当儿，它再次落入那些心狠手辣的追捕者的魔掌之中。我们的厨师拎着它，得意扬扬地回到了船上。我告诉那位厨师，今天晚上我不想吃肉了。

我的确应该认真考虑考虑戒荤的事儿了。我们坦然地大块吃肉，不曾感到丝毫的不安。我们之所以这样，根本原因在于我们从来都没有去细想我们的所作所为是多么的残忍、多么的不仁。世界上有很多种人为的罪恶，民族习惯、风俗、传统和社会法则不同，对这些罪恶的认识也会不同。但是，残酷和这些罪恶截然不同，它是一种原始的罪恶；狡辩和托词都不能改变它的性质。我们要是没有变得麻木不仁，那该有多好！这样，对于那些对残忍行为发出的抗议，我们就不再会充耳不闻；可是，我们却聚在一起，有说有笑，好不快活，一边做着残忍不仁的事儿，一边还感到心安理得——实际上，谁要是不随大溜儿，他就会被其他人扣上一顶“怪

人”的帽子。

由此可见，我们对罪恶的理解是多么的肤浅！在我看来，世上有一条至高戒律，需要每个人谨守：对一切生灵心怀怜悯。博爱是一切宗教的基石。前几天，我在一份报纸上看到一篇报道：一批价值五万英镑的肉，从英国本土运到非洲的一个军事基地时被发现已经变质，于是人们将这批肉退回。最后，它们在英国朴次茅斯港仅以数英镑的价钱被贱卖了事。这种浪费生命的行为是多么的骇人听闻！人们怎么可以这样视“珍宝”如敝屣！仔细想想吧，有多少无辜的生灵仅仅是为了点缀某次宴会上的碗盘而惨遭杀戮！更可怕的是，大多数生灵的肉竟然会被原封不动地撤下席去！

我们若是对自己的残暴行为浑然不知的话，我们倒可以请求原谅。但是，如果我们明明已经良心发现，可还是昧着良心，和别人同流合污，一起去残杀生灵的话，那我们就是在凌辱自己的良知。鉴于以上种种，我决定开始做一个素食主义者。

…………

施里塔　1894 年 8 月 9 日

今天我看到一只小鸟的尸体浮在水面上顺流而下。它死亡的经过并不难推演：它在村边的某棵杧果树上有个巢。它晚上回到暖融融的小巢里，想美美地睡上一觉，让它那小小的身躯里的疲惫得以释放。谁知博多河突然狂性大作，把杧果树树根上的泥土冲得一干二净。这个可怜的小家伙不但失去了小巢，也永远不会再醒来。

大自然无坚不摧，在它的面前，我自己和其他生物的区别根本就微乎其微。在这里的城市里，人类总是处于主宰地位。他们只关心自己，却对其他生物的苦乐无视到近乎残忍的地步。

在欧洲，同样地，人类也处于主宰地位。因此，动物在他们的眼里，仅仅是动物而已。不过，在印度人看来，人托生为动物，动物托生为人，灵魂轮回的想法一点都不稀奇。因为，我们的经文不会把人们对众生的怜悯视作矫揉造作的情感而加以

禁止。

我来到乡村，和大自然亲密接触。这个时候，我性格中印度人的成分便占据了主导，哪怕面对的只是一只小鸟松软的胸腹中跃动着的那股生之喜悦，我也不可能无动于衷，漠然置之。

献　给

生活在芳草地和绿森林一带的那些

可爱的动物朋友

希望这套小册子可以

让我们大家携起手来

共同去保护那些纯真而又

时常面临来自人类威胁的动物朋友

目　录

水貂比利四处寻找水獭小乔…………………　001

两个捣蛋鬼挑逗大蓝鹭赫伦…………………　009

大蓝鹭赫伦造访微笑池塘……………………　016

大蓝鹭赫伦耐心等待时机……………………　021

青蛙爷爷弗洛格逃得非常及时………………　027

赫伦和怀特泰勒大干了一场…………………　033

青蛙爷爷的大嘴巴给他惹来麻烦……………　038

斯伯蒂救了青蛙爷爷弗洛格一命………… 044

托德老先生造访青蛙爷爷弗洛格………… 051

青蛙爷爷弗洛格去见识大千世界………… 059

青蛙爷爷弗洛格的倔劲儿上来了………… 064

青蛙爷爷弗洛格勇往直前……………… 070

田鼠丹尼感到责任重大………………… 076

奇怪的顺风车…………………………… 081

青蛙爷爷弗洛格万念俱灰……………… 087

微风梅里众兄弟四下里寻找帮手………… 093

金花鼠五道眉儿咬断了绳子…………… 098

青蛙爷爷弗洛格寻找山泉……………… 105

青蛙爷爷弗洛格跳进了麻烦堆里………… 111

青蛙爷爷弗洛格再次彻底绝望………… 117

微风梅里众兄弟安慰青蛙爷爷………… 122

青蛙爷爷弗洛格的麻烦越来越多………… 129

重返亲爱的微笑池塘…………………… 134

伯吉斯的动物世界……………………… 141

卡迪的动物朋友………………………… 144

精彩评赞集锦………………………… 147

后记：动物们的世外桃源……………… 150

水貂比利四处寻找水獭小乔

水貂比利绕着微笑池塘狂奔，蹚过欢笑小溪时，这才放缓了速度。他的眼睛里闪烁着顽皮的光芒，撒欢儿似的奔跑着。他从麝鼠杰里的房前跑过时，恰好被杰里瞧见。

“嘿，水貂比利！早晨的时光多么美好啊，你为什么这么火急火燎的呀？”杰里高声问道。

“我要去找水獭小乔。你见过他吗？”比利回答道。

“没有。”杰里说，“他可能到里弗河那里抓鱼去了。我昨天晚上听他这么叨咕来着。”

“多谢啦。”还没等杰里把话说完，水貂比利就道过谢，而后像一道棕色闪电一样跑开了。

杰里盯着比利，直到他的背影消失不见为止。“怪哉！”杰里大声说道，“今儿早上，水貂比利一直都这么火急火燎的。他为什么着急要找到水獭小乔？我非得探个究竟不可。他们这两个捣蛋鬼要是

搅在一起，肯定不会干出什么好事来。”

杰里爬到自家的屋顶上，整个微笑池塘尽收眼底。而后他向水貂比利刚才跑出来的方向看去。杰里一打眼，便看到了青蛙爷爷弗洛格。他躺在那张宽大的绿油油的睡莲叶子上，睡得正香呢，他的嘴角还趴着一只傻不拉唧、不知死活的绿头苍蝇。青蛙爷爷弗洛格的这副尊容实在太可乐了，杰里忍俊不禁，大声笑了起来。

“今儿早，他肯定美美地饱餐了一顿——肚子填得太饱的话，容易犯困。”杰里心想，“不过，话又说回来了，他都这么老了，还能再有什么想头呀。他肯定什么想头都没了，只睡睡懒觉，打发一下日子而已！”

就在这个时候，杰里的脑袋里突然灵光乍现，顿时全想明白了。“他现在的这个样子肯定让水貂比利瞅见了，所以比利才会急匆匆地去找水獭小乔。比利保准打算要好好捉弄青蛙爷爷弗洛格一番。比利肯定是这么盘算的！”杰里大声惊叫道。他转了转眼珠子，又自言自语地说：“我也去找些乐子。”

杰里蹑手蹑脚地溜进微笑池塘里，朝青蛙爷爷弗洛格睡觉的那张宽大的绿油油的睡莲叶子游去。之后，他用尾巴轻轻拍打水面，努力弄出一些声响来。青蛙爷爷弗洛格那双圆鼓鼓的大眼睛蓦地睁开。他吓得差点儿一个猛子扎进水里，最后才发现惊醒他的是杰里。

“睡得还好吧？”杰里问，他的嘴巴都快咧到耳

朵根儿上了。

“我可没睡觉！”青蛙爷爷弗洛格气呼呼地反驳道，“我是在思考。”

“您不觉得闭着眼睛思考这么长时间有点儿冒险吗？”杰里反问道。

“好吧。我承认刚才我好像是打了个小盹儿。”青蛙爷爷弗洛格难为情地承认道。

“也许是吧。”杰里说，“先别管它了。现在，您先听我说。”接下来，杰里趴在青蛙爷爷弗洛格的耳朵上小声说了一通，他们全都乐不可支，好像在讲什么好笑的事情似的。这没什么好奇怪的，谁都知道他们俩是好朋友。说完悄悄话之后，杰里游回了自己的房子里。青蛙爷爷弗洛格则继续闭起眼睛，装出一副熟睡的样子。

与此同时，水貂比利正沿着欢笑小溪往回蹚。

他原本打算到里弗河去找水獭小乔的，半道上却和小乔不期而遇。小乔正扛着一条大鱼往家赶。抓鱼，小乔是行家里手。水貂比利赶紧把青蛙爷爷弗洛格正躺在睡莲叶子上打盹儿这件事跟小乔说了。

“真是天赐良机，我们去捉弄捉弄青蛙爷爷弗洛格吧，找些乐子。好好吓他一吓。”比利可着劲儿地撺掇水獭小乔。

水獭小乔把大鱼放到地上，脸上露出了狡黠的微笑。他非常热衷于抓鱼，可也同样热衷于搞恶作剧。

“想好怎么捉弄他了吗？”小乔问。

“睡得还好吧？”杰里问，他的嘴巴都快咧到耳朵跟儿上了。

“点子我已经想好了。”比利说，“你知不知道去哪里才能找到长腿大蓝鹭赫伦啊？”

“我当然知道。”小乔说，“我刚刚还看到他正在抓鱼呢。”

比利把他的点子告诉了小乔。之后，他们先是叽咕了一阵子，而后笑得前仰后合。接下来，这两个小捣蛋鬼便急不可耐地去找长腿大蓝鹭赫伦了。

两个捣蛋鬼挑逗大蓝鹭赫伦

长腿大蓝鹭赫伦的心情糟透了。今儿早阳光明媚，明媚得按理说搁谁都不应该这么垂头丧气的。实际上，青蛙爷爷弗洛格就在这美好的晨光里饱食了一顿傻头傻脑的绿头苍蝇。

整天乐呵呵的红圆脸太阳公公今儿个笑得分外甜美。西风老妈的孩子们——微风梅里众兄弟，正在芳草地上方欢快地跳着舞，随时准备帮助过路人。

大自然老妈妈把美妙的音乐赐给了鸟儿们，此刻，他们正在用最动听的声音唱出世间最甜美的歌。所以啦，长腿大蓝鹭赫伦似乎没有理由不开心！其实，他心情不好的原因很简单——他肚子饿了。没错，朋友们，这就是长腿大蓝鹭赫伦在这个阳光明媚的早晨心情烦躁的原因。肚子饿的时候要保持好心情还真不是件易事，这一点众所周知。

长腿大蓝鹭赫伦站在欢笑小溪里水比较浅的地方，不停地发着牢骚。就在不久之前，他看见水獭小乔正扛着一条大鱼往回赶，这个情景让他更加饥饿难忍，让他的心情更加糟糕。大蓝鹭赫伦不由得妒火中烧。我们知道，嫉妒是会让人产生不良情绪的。他非常清楚水獭小乔是怎么把鱼抓到手的——那条鱼根本就游不过小乔，小乔一直追，一直追，最终把它追到手的。可是，大蓝鹭赫伦偏偏自欺欺人地认为小乔那是运气好。不仅如此，他还和大多数失败者一样，把自己的失败归咎于其他人。“喂，赫伦。今儿早运气不错吧？”小乔跟他打招呼道。大蓝鹭赫伦却装作没有听见。可是等小乔走开听不到他的话以后，他就开始发起了牢骚。

“那个家伙在欢笑小溪里跑来跑去，难怪我一条鱼也抓不到！”他气呼呼地说，“他抓不到中意的鱼，就使坏把其他鱼全都吓跑。结果，像我这么老实巴交的渔夫只能喝西北风了。大自然老妈妈竟然让小乔这样的人以鱼为食，我真搞不懂。他和水貂比利活脱脱就是两个一无是处的讨厌鬼，一天到晚正事不干，就知道给别人添麻烦。”

他没完没了地发着牢骚，就在这时，他所责怪的那两个小讨厌鬼的脑袋从小溪对面的草丛中探了出来。“气色不错嘛，长腿大蓝鹭赫伦。您的早饭肯

定特别丰盛吧！”小乔一边说，一边用胳膊肘捅了一下水貂比利，让他也给赫伦打个招呼。

怒气冲冲的长腿大蓝鹭赫伦啪地一下合上嘴巴。“你们来这里到底想做什么？难不成你们连顿安生饭也不想让我吃？”他大声质问道，“里弗河和这条小溪的其他地方还不够你们要的吗？这个小池塘是我的地盘，请你们能走多远就走多远！”

水貂比利“扑哧”一声笑了。长腿大蓝鹭赫伦一听，心里的火气更大了。可还没等他开口继续说话，小乔开腔了。

“哦，”小乔说，“打扰您了，我们感到非常抱歉。我们只是恰好看到青蛙爷爷弗洛格睡得正香，于是想到您今儿早上要是走背运的话，说不准您会很乐意知道这件事情呢。既然您觉得我们俩这么讨厌，那我们就不在您这里多待了。我们去把这个情况告诉夜鹭奈特先生吧。”

水獭小乔说完，立马转过身去，一副马上就要出发去找夜鹭奈特先生的样子。“等一下！”长腿大蓝鹭赫伦喊道。他竭力让自己的声音听起来柔和些，

“气色不错嘛，长腿大蓝鹭赫伦。您的早饭肯定特别丰盛吧！”小乔一边说，一边用胳膊肘捅了一下水貂比利，让他也给赫伦打个招呼。

这真是难为他了，因为我们都知道的，他生就一副刺耳难听的破锣嗓子。“说实在的，到现在我还一口早饭没吃呢。饿肚子让我的脾气一点就着。你们刚才说在哪里看到了青蛙爷爷弗洛格来着？”

“我没说啊，”水獭小乔回答道，“不过您要是真想知道的话，我就告诉您好了。他正躺在微笑池塘里那张宽大的绿油油的睡莲叶子上睡觉呢。一打眼，

就能看到。”

“谢谢！”大蓝鹭赫伦说道，“我原本打算到微笑池塘走一趟，现在我终于想起来是什么事情了。我一会儿就过去，顺便去看看青蛙爷爷弗洛格。他睡着时的样子我还没有见过呢。”

大蓝鹭赫伦造访微笑池塘

长腿大蓝鹭赫伦一直盯着水貂比利和水獭小乔，直到他们俩的身影完全消失为止。在此之前，长腿大蓝鹭赫伦一直把头缩在翅膀底下，石雕似的站着，让人误认为他只想睡个回笼觉，其他事情对他来说一点都不重要似的。可只要凑近了看，你就会发现他的眼睛炯炯有神，说他想打个盹儿你都不会相信的。确定那两个长着一身棕色毛皮的小讨厌鬼已经走远了以后，他使劲伸长脖子，那脖子伸得都快赶上他的身高了。接着，他又前后左右都看了看，确定附近没有任何危险后，他张开那巨大的翅膀，使劲拍打了几下，飞入空中。然后，他又把头插进胳膊和长腿之间，往后又检查了一遍，得知没有人注视他之后，便飞过芳草地的上空，又转了一个圈，而后朝微笑池塘飞去。

其实，长腿大蓝鹭赫伦完全被蒙骗了。水貂比利和水獭小乔并没有走远，而是躲了起来，悄悄地注视着长腿大蓝鹭赫伦的一举一动。大蓝鹭赫伦刚张开翅膀飞走的当儿，他们俩就立马跳进欢笑小溪里，顺流而下，向微笑池塘游去，迫不及待地去瞧热闹。他们俩知道长腿大蓝鹭赫伦直奔微笑池塘的目的——抓住青蛙爷爷弗洛格来打牙祭。他们倒不是真的想让青蛙爷爷弗洛格遭遇什么不测，只是想给青蛙爷爷一个惊吓。我们知道，和大多数人一样，他们俩也是愣头愣脑、没肝没肺的，总爱挖空心思捉弄别人。

“我们肯定会及时把青蛙爷爷弗洛格弄醒让他逃

命的，我们只是想吓他一跳而已。”水獭小乔一边和水貂比利急匆匆赶路，一边说，“他张开他那双圆鼓鼓的大眼泡子时，猛然间发现长腿大蓝鹭赫伦正张口要把他活吞下去！那情景肯定好玩儿极了！而长腿大蓝鹭赫伦呢，被我们害得把到嘴边的肥肉都弄丢了，他肯定会气得暴跳如雷！”

长腿大蓝鹭赫伦故意绕了个远路，等他到达微笑池塘的时候，那两个捣蛋鬼早就到了。他们躲在灯芯草草丛里，不但可以看清一切，而且还不会被别人发现。

水貂比利小声对水獭小乔说：“我第一次看到这个老家伙时，他也是这个样子，睡得死死的。”

没错，青蛙爷爷弗洛格依然躺在那张宽大的绿油油的睡莲叶子上，双眼紧闭。至少，看起来眼睛是闭着的。与此同时，麝鼠杰里正坐在自家的屋顶上，专心致志地忙乎着，想把一只河蚌的壳撬开，看上去根本就顾不上其他事。可实际上，他正密切注意着周围的动静。原来，他早就怀疑水貂比利要捉弄青蛙爷爷弗洛格，并把自己的担心告诉了青蛙爷爷弗洛格。看见长腿大蓝鹭赫伦朝微笑池塘飞来的时候，他又提前给青蛙爷爷弗洛格报了警。因此，只有他知道青蛙爷爷弗洛格这会儿是在装睡。

长腿大蓝鹭赫伦朝着微笑池塘径直飞来，飞到池塘边缘的灯芯草草丛里，伸出两条长腿，而后落到水里站住，伸长脖子，环视整个微笑池塘。水獭小乔说得没错，青蛙爷爷弗洛格正躺在那张宽大的绿油油的睡莲叶子上，呼呼大睡呢。至少，青蛙爷爷弗洛格看起来一副睡得正香的样子。长腿大蓝鹭赫伦盯着青蛙爷爷弗洛格，眼睛里闪着饥饿的火苗，

觉得青蛙爷爷弗洛格真是一顿丰盛的早餐。大蓝鹭赫伦沿着微笑池塘的岸边往前走去，一直走到那张睡莲叶子的对面，青蛙爷爷弗洛格正躺在那上面。

大蓝鹭赫伦走得又轻又慢，每只脚落地的时候都极其小心，尽量不弄出一点儿声响。在对面的灯芯草草丛里，水獭小乔和水貂比利乐得你戳我一下，我戳你一下。他们都用手把嘴捂得严严实实的，生怕一不小心笑出声来。

大蓝鹭赫伦耐心等待时机

心急哪里吃得了热豆腐，

耐心才能通往成功之途。

要是真让长腿大蓝鹭赫伦和别人比高低的话，他倒是有一点远远超过其他人——做事情的耐心。没错，朋友们，长腿大蓝鹭赫伦的耐性好得没得说。只要他认为某个东西值得拥有，他就会认为等多久都值得；他还深信只要有足够的耐心，他就一定能得到它。这可能跟他们家族世世代代都以捕鱼为生有关，他自己是渔夫，他的爸爸和爷爷也都是渔夫。我们知道，要是渔夫没有足够的耐心，那他就别想抓到鱼。当然喽，水貂比利和水獭小乔对这种想法很不以为然，他们觉得这些都是谬论。可实际上，他们要是有长腿大蓝鹭赫伦的万分之一的耐性的话，也不至于经常饿肚子了。

青蛙爷爷弗洛格也是一个非常非常有耐心的人。他可以一动不动地蹲很久，直到猎物自己送上门来为止。是的，青蛙爷爷弗洛格可以一动不动地蹲很久，而长腿大蓝鹭赫伦则可以一动不动地站很久。他们俩究竟谁能一动不动地待更久，麝鼠杰里、水貂比利和水獭小乔三个人经常为此争论不休。

“今儿早的早餐实在是太丰盛了。”大蓝鹭赫伦一边打着如意算盘，一边轻轻地轻轻地继续往前走，走到青蛙爷爷弗洛格的正对面。这个时候，他停下脚步，小心翼翼地观察青蛙爷爷弗洛格。没错，他正紧闭双眼，睡得正香呢。长腿大蓝鹭赫伦忍不住在心底暗自欢呼。不过，他的嘴里却没有发出一丝声响。他准备蹚进微笑池塘里，打算凑得再近一些。

此时，青蛙爷爷弗洛格也在偷笑。我们之前说过，他根本就没有睡着。他只是假装睡着了。其实，他一直都眯缝着眼，偷偷地瞄着长腿大蓝鹭赫伦的

一举一动。长腿大蓝鹭赫伦小心翼翼地慢慢抬起一条腿，准备再往前踏一步，生怕弄出哪怕是一丁点儿一丁点儿的声响。这个时候，青蛙爷爷弗洛格装腔作势地打了一个哈欠，而后睁开了他那双圆鼓鼓的大眼睛。长腿大蓝鹭赫伦急忙停住，保持单腿站立的姿势，一动不动地杵在那里。青蛙爷爷弗洛格接着又打了一个哈欠，而后又半合上眼皮，脑袋不停地磕着，一副没有睡醒的样子。长腿大蓝鹭赫伦耐心地等呀等，等呀等。接着，他慢慢地低下头，轻轻地把头藏到自己的翅膀里，他的动作是那么的慢，要不是在他的眼前，你根本就看不出来他换过姿势。

“我觉得应该等他睡熟之后再行动。”他在心里盘算着。

可是，青蛙爷爷弗洛格根本就没有睡着。他打算一直打瞌睡，打瞌睡，等长腿大蓝鹭赫伦认为他已经睡着的时候再猛然睁开眼睛。就这样，一整个早上，长腿大蓝鹭赫伦一动不动地单腿站在水里，观察着，等待着，肚子变得越来越饿，越来越饿；

而青蛙爷爷弗洛格则舒服地躺在那张宽大的绿油油的睡莲叶子上睡着觉，不，他是在装睡。他今儿早已经吃了很多只蠢笨的绿头苍蝇，肚子里饱饱的，晒太阳休息，对他来说，惬意得很。

在微笑池塘对面的灯芯草草丛里，有两个穿着棕色泳衣的小捣蛋鬼，正在注视着这一切，急不可耐地等着他们策划的那场好戏能赶快上演——让长腿大蓝鹭赫伦来把青蛙爷爷弗洛格吓个半死。这两个小捣蛋鬼正是水貂比利和水獭小乔。一开始的时候，只要一想起这个恶作剧，他们俩就你戳我一下

我挤你一下，开心得不得了。

可他们想看到的那一幕情景却迟迟不上演，他们变得心神不定起来。我们知道，他们俩都是坐不住的人。最后，他们俩实在没了兴致，就偷偷地溜走，去找其他乐子了。他们俩垂头丧气地走掉的样子，青蛙爷爷弗洛格全都看在了眼里，简直憋不住要笑出声来了。

青蛙爷爷弗洛格逃得非常及时

此时，在芳草地的上空，白尾鹞怀特泰勒正在盘旋。和长腿大蓝鹭赫伦一样，他此时也是饥肠辘辘。他把那双锐利的眼睛瞪得大大的，四处搜寻着猎物，一心想找些吃的来充饥，可他始终一无所获，就跟有哪位好心的仙子早就提醒过这里的小动物们白尾鹞怀特泰勒正在这一带出没似的。也许是西风老妈的孩子们——微风梅里众兄弟吧。我们知道，他们总是喜欢四处游玩，时不时地给别人提供帮助。

他们爱玩爱跳爱嬉闹，
悠悠长日时时都在笑。
若说哪件事情更重要，
助人为乐心灵最美好。

黑蛇斯内克先生就是厉害，他竟然觉察出白尾鹞怀特泰勒正在觅食，于是立刻躲得没影儿了。田鼠丹尼也消失得无影无踪。白尾鹞怀特泰勒耐着性子搜寻着猎物，却只抓到几只不长脑子的蚂蚱，可这些还不够给他塞牙缝的。吃完这些蚂蚱，他反而觉得更饿了。不过，运气差点没关系，白尾鹞怀特泰勒有的是耐心。他没有放弃，继续不停地搜寻着猎物。他来来回回一遍又一遍地搜寻，把整个芳草地翻了个底儿朝天。最后，他的脑子终于拐过弯儿来了——他这么做就是在浪费时间。

“去微笑池塘那边碰碰运气吧！如果那里也没什么可吃的，那就去里弗河一带。”他心里一边这么盘算着，一边朝微笑池塘飞去。他人还没到呢，就一眼发现了长腿大蓝鹭赫伦正一动不动地站在微笑池塘的岸边。大蓝鹭赫伦的表情表明他正在守株待兔。

“他的目标要是一条鱼的话，”白尾鹞怀特泰勒盘算道，“我就不掺和这事。我最讨厌鱼腥味了。可要是一只青蛙的话，那就另当别论了——嗯，青蛙的口感虽然比田鼠的口感差点，但他勉强可以拿来填饱肚子。”

想到这里，他加快了飞行速度。最后，他终于看清楚长腿大蓝鹭赫伦到底正在看什么。我们也知道，除了躺在那张宽大的绿油油的睡莲叶子上的青蛙爷爷弗洛格，还能是谁。白尾鹞怀特泰勒不禁长舒一口气：青蛙爷爷弗洛格一定能填饱他的肚子，而且能让他吃得饱饱的，一定可以。

长腿大蓝鹭赫伦眼睛一眨不眨地盯着青蛙爷爷弗洛格，心里一点杂念都没有。青蛙爷爷弗洛格也正忙着偷瞄长腿大蓝鹭赫伦的举动，根本就意识不到其他的危险。更别说他还是背对着白尾鹞怀特泰勒的了。这一切当然逃不过白尾鹞怀特泰勒的眼睛，他真想得意地大笑几声。他早就想抓住青蛙爷爷弗洛格了，可是每次都只差那么一点点，每次都被青蛙爷爷弗洛格及时察觉。

白尾鹞怀特泰勒的那双锐利的眼睛真是白长了，他竟然没有发现附近还有其他人。他的心思全都放在青蛙爷爷弗洛格和长腿大蓝鹭赫伦的身上了，忘记去查看周围的情况了。这可不是他平常的作风。在灯芯草草丛上方盘旋了一会儿之后，他迅速地向微笑池塘靠近，而后他打算用他那双巨大锋利的大爪子把青蛙爷爷弗洛格抓住。虽然青蛙爷爷弗洛格依然还躺在那里装睡，但他一直都用眼睛的余光瞄着长腿大蓝鹭赫伦的一举一动，一想到大蓝鹭赫伦即将被耍的情景，他就忍不住在心里暗笑。

啪！这是麝鼠杰里用自己的尾巴拍击水面的声音。青蛙爷爷弗洛格非常明白他的意思——有危险！他不知道是什么样的危险，也不急着去弄清楚它。反正等会儿有的是时间去搞清楚这一切。麝鼠杰里用这种方式拍打水面的时候，那就说明危险已经近在眼前。青蛙爷爷吓得魂飞魄散，惊叫了一声——“呱”，然后一头扎进了微笑池塘里。

其实，白尾鹞怀特泰勒已经快碰到青蛙爷爷的鼻子尖儿了。白尾鹞怀特泰勒被溅得满脸都是水。他顿时怒火中烧，用利爪一顿乱抓，可除了青蛙爷爷弗洛格刚才躺的那张宽大的绿油油的睡莲叶之外，

他什么也没抓到。当然喽，那片叶子也不能当饭吃。

他又是失望又是愤怒，尖叫一声，而后在空中一个急转身，掉头就向麝鼠杰里扑去。杰里嚣张地嘲笑了他一顿以后，潜到了水底。

赫伦和怀特泰勒大干了一场

“都是你干的好事！”

“不关我的事！不关我的事！”

“就是你干的好事！”

青蛙爷爷真不愧是个老油条，

逗得两只傻鸟吵得不可开交！

我们知道，整个早上，长腿大蓝鹭赫伦保持单腿站立的姿势，耐心地等待着，希望躺在那张宽大的绿油油的睡莲叶子上的青蛙爷爷弗洛格赶紧睡着。他早饭没得吃，现在又该吃午饭了，他心里盘算着可以拿青蛙爷爷弗洛格抵两顿饭。他饿得要命，肚子里几乎什么东西都没有，他觉得自己的胃好像马上就要瘪了似的。可就在这个时候，白尾鹭怀特泰勒却突然出现，张开他那双利爪，滑翔着掠过微笑池塘，妄图抓住青蛙爷爷弗洛格。就在这千钧一发的时刻，青蛙爷爷弗洛格突然扑通一声跳进了微笑池塘。

你非常非常非常饿的时候，到嘴的美味儿却突然没有了，你不火冒三丈，那才怪呢！当然啦，长腿大蓝鹭赫伦还没有把美味儿吃到嘴里，可他一直认为那早晚都是他的口中之食。看到青蛙爷爷弗洛格扑通一声跳进微笑池塘，长腿大蓝鹭赫伦自然会气得火冒三丈。他的黄眼珠子的颜色似乎变得更深了。

“强盗！小偷！”他扯着嘶哑的嗓子朝白尾鹞怀特泰勒怒吼道。

其实，跟长腿大蓝鹭赫伦一样，白尾鹞怀特泰勒也是饥肠辘辘，而且他比长腿大蓝鹭赫伦更有机会吃到青蛙爷爷弗洛格。更何况，他的脾气比长腿大蓝鹭赫伦更火爆。他像一道闪电一样，直扑麝鼠杰里，可杰里却气焰嚣张地对他一阵嘲弄，然后钻进水底不见了。这些本来就快让他气疯了，现在竟然有人用这么难听的字眼儿叫他——强盗和小偷！哪个爱惜自己名誉的鹞子能受得了这个?！没错，朋友们，他当然受不了这个！白尾鹞怀特泰勒气得浑身颤抖，然后掉转头，直扑长腿大蓝鹭赫伦。

“你才是强盗，你才是小偷！”他尖声叫嚷道。

“你把我的青蛙吓跑了！”大蓝鹭赫伦怒吼道。

“不是我干的！”

“就是你干的！”

“不是我干的！那只青蛙本来就不是你的，是我的！”

“呱呱！”青蛙爷爷弗洛格一边和麝鼠杰里从睡莲叶子下面探出脑袋往外偷看，一边说，“咳！我怎么也不知道我是属于谁的。我真的不知道。你知道吗？”

“我也不知道。”杰里说，看着长腿大蓝鹭赫伦和白尾鹞怀特泰勒吵得不可开交的样子，他的两只眼睛里闪着兴奋的光芒，“这真是件新鲜事。”

“你从来就不愿意付出劳动去捕猎。哪个诚实的猎人像你这样！”白尾鹞怀特泰勒一边大声地奚落长腿大蓝鹭赫伦，一边绕着他盘旋，想伺机用自己那双巨大的利爪发起攻击。

“我就是因为太诚实了，所以才干不出从别人嘴里抢食物的勾当！”长腿大蓝鹭赫伦一边反唇相讥，一边转着身子，好让自己始终直面白尾鹞怀特泰勒，他用宽大的翅膀挡住自己，犹如一个盾牌，同时，他那强壮有力的长喙也做好了迎接战斗的准备。

白尾鹞怀特泰勒愤怒至极，头上的羽毛全部倒竖起来，他的脸色又狰狞又恐怖。最后，他找到一个好机会——确切地说，至少他是这么认为的，而后快速俯冲下来。可一轮攻击下来，他却只收获了长腿大蓝鹭赫伦当作盾牌用的那扇翅膀上的一片羽毛。更让他恼火的是，他同时也被赫伦的长喙戳了两下，疼得他大声叫唤。他们就这样一直打，一直打，直到地上四处散落着他们的羽毛，再也打不动的时候，他们才停了下来。最后，浑身是伤的白尾鹞怀特泰勒慢慢朝芳草地飞去，长腿大蓝鹭赫伦则扑扇着布满伤痕的翅膀，艰难地朝里弗河上游的欢笑小溪飞去。他们全都浑身疼痛，腿脚僵硬，而且依旧饥肠辘辘。

“上帝啊！上帝啊！愤怒真是个可怕而又无用的东西。”青蛙爷爷弗洛格一边慨叹，一边爬上那张宽大的绿油油的睡莲叶子，继续享受阳光的温暖。

青蛙爷爷的大嘴巴给他惹来麻烦

青蛙爷爷弗洛格长着一张大嘴巴。这一点我们都知道，这是众所周知的事实。住在微笑池塘里、欢乐小溪里和芳草地一带的他的那些朋友们经常拿他的大嘴巴开玩笑。不过，他一点儿都不介意，一点儿都不。我们知道，他早就明白了大嘴巴的好处——捉那些蠢笨的绿头苍蝇时，嘴巴大的确非常好用，尤其是两只绿头苍蝇碰巧一起送上门的时候。

正如他那双圆鼓鼓的大眼睛让他非常自豪一样，他的这张大嘴巴同样让他自豪不已。

可是，他的这张大嘴巴却给他带来了一场大麻烦。长着大嘴巴的人难免会遭遇这类不测。嘴巴太大，能装很多东西，有时候他们难免会因此贪点嘴。青蛙爷爷弗洛格的肚子已经塞得满满的了，可他还往嘴巴里填东西，他当然咽不下去了。这让他看起来又蠢又傻，简直丢人丢到家了。大伙儿全都叫他贪心鬼，说他年龄都这么大了做事竟然还是这么冒失，真该满脸羞愧才对。也许，他心里感到羞愧过，可他从来不愿意承认，而且只要一有机会，他就会好了伤疤忘了疼，又做同样的蠢事。

一天早上，青蛙爷爷弗洛格饱餐了一顿丰盛的绿头苍蝇，再也吃不下什么东西了。这个时候，有个人过来了，不是别人，正是水獭小乔。他刚从里弗河捕鱼归来，肚子吃得圆滚滚的，又把吃不掉的那些鱼扛来，打算把它们藏到欢笑小溪上游某个秘密的地方。

青蛙爷爷弗洛格正想吃些鱼，来换换口味，看

到水獭小乔正扛着鱼，他的眼睛不禁闪闪发亮。尽管他已经吃得饱饱的，但他还是馋得直流口水。

“早上好，青蛙爷爷弗洛格！您吃过早饭了吗？”水獭小乔大声跟他打招呼。

青蛙爷爷弗洛格非常想说还没有，可他一向不会撒谎。“吃……吃……吃过了。”他回答说，“吃过了。不过，还是那老几样。你为什么这么问？”

“哦。没什么，随便问问而已。我原本想您要是还没吃的话，也许您会想吃点儿鱼。既然您已经吃过了，那我也没必要送您一条了。”水獭小乔一边说，

一边滴溜溜地转着自己那双明亮的眼睛。他还把鱼拿给青蛙爷爷弗洛格看，好让他看看那些鱼有多么鲜美，多么肥嫩。

“哇！”青蛙爷爷弗洛格赞叹道，“这些鱼果然非常鲜美，真的特别鲜美。你心眼儿真好，竟然还记挂着我这个可怜的老家伙。如果你愿意送我一条一丁点儿大的鱼的话，我想，呃，我想我的肚子还是盛得下的。”

水獭小乔太了解青蛙爷爷弗洛格了，知道他有个贪嘴的毛病。小乔看了青蛙爷爷弗洛格一眼，看到他的那件淡黄色马甲都已经胀鼓鼓的，都快要爆开了。一丝调皮的光芒在小乔滴溜溜乱转的眼珠里闪过：“我当然愿意奉送。不过，我们都是老相识了，只送一条一丁点儿大的鱼怎么可以。”

说着，水獭小乔把最大的那条鱼挑出来，朝着青蛙爷爷弗洛格扔去。那条鱼砰的一声落到青蛙爷爷弗洛格的面前，它差不多有半个青蛙爷爷那么大。这条鱼肥硕鲜美，看起来非常诱人，青蛙爷爷弗洛格早把自己已经吃得饱饱的这件事抛到了脑后。一时间竟把应有的礼节也给忘了，连声谢谢都没对水獭小乔说，就迫不及待地张开他那张大嘴，比画了一下那条鱼的大小。没错，朋友们，他只做了这么个动作。眨眼间，他一口就把那条大鱼吞进了嘴里，一直将它咽到嗓子眼儿。

我们知道，青蛙爷爷弗洛格没有牙齿，所以不

能把东西咬碎。他只能把食物整个吞下去。他也是用这个方式吃那条大鱼的。那条大鱼在抵达他的胃之前，一切都很顺利。可是，一件容器要是已经塞满了东西，那就再也塞不进多余的东西了。此时，青蛙爷爷弗洛格的胃里已经塞满了蠢笨的绿头苍蝇，多余的东西再也塞不下了。因此，那条大鱼堵在了他的嗓子眼儿里。他喘着粗气，使劲往下咽，可是不管他怎么努力，那条大鱼就是咽不下去。而后他便想把它吐出来，可是那条大鱼已经抵达嗓子眼儿的底部，吐不出来了。

青蛙爷爷弗洛格眼看就要窒息了。

斯伯蒂救了青蛙爷爷弗洛格一命

万恶之源是贪婪，

人所共知这一点。

水獭小乔坐在微笑池塘的岸上，看到青蛙爷爷弗洛格想把那条跟他差不多大的鱼吞进肚子里，他的腰都快要笑弯了，青蛙爷爷弗洛格的那个淡黄色的马甲已经胀鼓鼓的，他的肚子里肯定再也塞不进多余的东西了。贪吃成这个样子，如果不是非常非常可笑，那就是令人作呕。至少，刚开始的那会儿这一幕非常好笑——那条大鱼被卡住了，只有那条尾巴还留在青蛙爷爷弗洛格的嘴外。青蛙爷爷弗洛格在那张宽大的绿油油的睡莲叶子上上蹿下跳，竭力想把那条大鱼咽下去。在这个过程中，他接连两次掉进微笑池塘里，弄得水花四溅。他摇摇摆摆地爬上来以后，转动着那双圆鼓鼓的大眼珠子，用眼神请求水獭小乔过来搭把手。

可是，笑弯了腰的水獭小乔根本就没意识到青蛙爷爷弗洛格这次是真有麻烦了。这时，水貂比利

和麝鼠杰里恰好打这里路过，看见青蛙爷爷弗洛格的样子，他们也全都大声笑了起来。他们一直笑，一直笑，一直笑，直到把眼泪都笑出来了。最后，他们全都笑趴下了，抱着肚子在岸上滚来滚去，脚后跟还不停地乱踢。他们很久很久都没有碰到这么好笑的事情了。

“你们见到过这么贪心的人吗？”水貂比利上气不接下气地问。

“你为什么不先把它吐出来，然后再重新吞下去呢？”水獭小乔大声叫道。

这也正是青蛙爷爷弗洛格此时想要做的。至少，他正努力要把那条大鱼吐出来。就是打死他，他也不会再把它吞进去了。实际上，他这会儿恨透了鱼这种东西，这辈子也不愿意再看见它们了。他拼命尝试着用一只手去薅鱼尾巴，然后他又换另一只手去薅，最后他只好两只手一起用力。可是，青蛙爷爷弗洛格的手根本就抓不住滑溜溜的东西，而鱼尾巴又是一种非常滑的东西。他的一切努力全都是徒劳。那条大鱼依然纹丝不动地嵌在他的嘴里。他也

看见青蛙爷爷弗洛格的样子，他们也全都大声笑了

起来。

没办法把它咳出来，因为那条鱼已经咽得太深了。他徒劳地用手去抓那条不停摆动的鱼尾巴，可他越是用劲抓，他的样子就越好笑。水獭小乔、水貂比利和麝鼠杰里笑得更加放肆了。他们的笑闹声把乌龟斯伯蒂吵醒了，他原本正靠在一截儿圆木上晒着太阳。听到吵闹声，他悄悄溜进水里，想看看究竟发生了什么事。

在陆地上，乌龟斯伯蒂爬得非常非常迟缓；但一旦来到水里，情形就完全不一样了，他可是把游

泳的好手。他之所以游得那么急，是因为他不想错过看好戏。一开始，他并没有注意到青蛙爷爷弗洛格。

“啥好戏呀？”他问道。

水獭小乔用手指了指青蛙爷爷弗洛格。他笑得上气不接下气，一句话也说不上来，只好用手指指向那张宽大的绿油油的睡莲叶子。乌龟斯伯蒂顺着他的手看去，也忍不住大声笑了起来。然后，他看到大滴的泪珠不断地从青蛙爷爷弗洛格的眼睛里滚落下来，他还听到青蛙爷爷弗洛格的嗓子被噎住进而呼吸困难的声音。他立马止住笑，以最快的速度朝青蛙爷爷弗洛格游去。爬上那张宽大的绿油油的睡莲叶子后，他探出头，用他那鸟喙一般坚硬的嘴巴牢牢咬住那条鱼的尾巴。乌龟斯伯蒂和青蛙爷爷弗洛格同时往后退，齐心协力往外拉。扑通！站在睡莲叶子一端的青蛙爷爷弗洛格仰面朝天地跌进了微笑池塘里。扑通！站在睡莲叶子另一端的乌龟斯伯蒂也仰面朝天地跌进了微笑池塘里。那条惹来一连串麻烦的鱼则静静地漂浮在水面上。

“谢谢你！谢谢你！”几乎虚脱了的青蛙爷爷弗洛格大口喘着粗气，慢吞吞地爬回到那张睡莲叶子上，“再迟一会儿，我恐怕就得憋死了。”

“不用客气。”乌龟斯伯蒂回答道。

“我再也不会这么贪嘴了，永远不会了。”青蛙爷爷弗洛格发誓道。

托德老先生造访青蛙爷爷弗洛格

青蛙爷爷弗洛格和蟾蜍托德老先生是对表兄弟。这一点不用说，我想你也应该知道，因为这是人所共知的事实。可是，他们俩出生在同一个地方这件事一般人并不一定知道。这事千真万确，没错，朋友们，这事千真万确。他们都是在微笑池塘里长大的。小时候，他们俩全都拖着长尾巴，在水里游泳嬉戏。那时，他们的脚都还没有长出来，所以谁都没有上过岸。其实，他们还是小婴儿的时候，是离不开水的。人们根本看不出他们有什么不同，只用同一个名字——蝌蚪——来称呼他们。他们一天天长大后，尾巴逐渐褪去，腿脚长了出来。后来，他们便各奔东西了。

且听我说，事情的经过是这样的：青蛙爷爷弗洛格（当然喽，他那会儿还很年轻）非常热爱微笑池塘，他从来就没有想过要离开这里。外面的大千世界里的一些事他也听说过，他也知道那个世界非常精彩，可他不愿意也不相信会有比微笑池塘更好的地方。所以，他下定决心要永远住在微笑池塘里。

可是，还没等自己的尾巴完全脱落，蟾蜍托德老先生就迫不及待地离开微笑池塘，起程去探访大千世界了。那时，托德先生还很小，一片三叶草叶子就可以把他完全遮住。不管青蛙爷爷弗洛格怎么劝说，托德先生就是不听，义无反顾地走了。青蛙爷爷弗洛格没想到今生还会有机会再次见到托德先生。可是，他真的回来了，而且他离开的时间并不是非常非常久。他再次出现在微笑池塘里时，青蛙

爷爷弗洛格第一眼差点儿没认出他来。因为托德先生已经长大了。他一回来，就和青蛙爷爷争论了起来，这也是他们一直争论不休的话题：到底是去外面闯荡好，还是留在从小生长的地方好呢？他们各持己见，都觉得自己的选择是最好的。他们打小就这么认为，到现在谁也没改变各自的看法。

所以，蟾蜍托德老先生只要前来拜访青蛙爷爷弗洛格，每次的情形都相差无几——见面没多久，他们就会争论起来，争论的还是那个老话题。青蛙爷爷弗洛格差点儿被鱼噎死的那天，他们依然为这个话题大吵了一番。原来，从西风老妈的那几个儿子那里得知这件事后，蟾蜍托德老先生马上朝微笑池塘赶来，来看望青蛙爷爷弗洛格。他还要告诉青蛙爷爷弗洛格：乌龟斯伯蒂先生及时赶到，把鱼从嗓子眼儿里拔了出来，这一点，他也同样感到非常庆幸。

一天到晚，青蛙爷爷弗洛格满耳朵里听的全是对他的冷嘲热讽。这可是个取笑他的绝妙机会，微笑池塘里的每个人都不会放过的。一开始，青蛙爷爷弗洛格还能和颜悦色地忍受一番，可久而久之，他就听不下去了，忍不住恼羞成怒。这时，他的表弟蟾蜍托德老先生来了。托德先生说，看到你没事，我非常高兴。青蛙爷爷弗洛格一听这话，脸立马阴沉了下来，嘴里不停地嘟哝着。

蟾蜍托德老先生对青蛙爷爷弗洛格阴沉的脸色

视而不见，继续往下说：“如果你能像我一样，经常去外面的大千世界走走，你就会明白水獭小乔绝不会白送给你那条大鱼的。”接着，他数落起青蛙爷爷弗洛格来。

青蛙爷爷弗洛格气得肚子都鼓起来了。“呱！”他粗鲁地大声叫了起来，“呱！滚回你的大千世界去！我的事不用你管，托德先生。”

一听这话，托德先生也火了，肚子也鼓了起来。他愤怒极了，使劲瞪着青蛙爷爷弗洛格，气得久久无言以对。等他终于勉强可以说话之后，他一开口就是些不中听的话。结果，他们立马争吵了起来。

“对外面的事情一无所知，不了解周围发生的事情，别人在干什么你也不知道，这些对你能有什么好处啊？”托德先生质问道。

“我只关心我自己的事情，跟我没有关系的事情，我才不想去掺和呢。整天挂在你嘴边的大千世界里的那些人与我何干？”青蛙爷爷弗洛格反驳道，“聪明人全都是知足常乐的人。你身体还没发育好的时候就已经去外面闯荡了，你得到什么了？跟我说说！

你连一身体面的衣服都没混上。”青蛙爷爷弗洛格一边说，一边得意地拍了拍身上那件黄白相间的马甲，又看了看他那身帅气的绿色礼服在微笑池塘里的倒影，一副自我陶醉的神气。

蟾蜍托德老先生气得目露凶光。我们知道，他的衣服的确很旧很普通。

“诚实善良的人每天都会辛勤地劳作，没时间穿着光鲜亮丽的衣服在那里臭美。”他尖声尖气地反驳道，“这些道理是我从外面的大千世界里学来的。我还知道懒惰的人是没有好果子吃的，至少我知道怎样才不会把自己噎死。”

青蛙爷爷弗洛格气得差点儿背过气去，他简直就要被气疯了。看看，蟾蜍托德老先生的话多么尖酸刻薄。没有人喜欢听刻薄的话，尤其是在他们不高兴而这些话又全都是事实的时候。青蛙爷爷弗洛格挖空心思想说几句难听的话来反击蟾蜍托德老先生时，一直待在附近那棵高大的核桃树顶上的白眉歌鸫雷德温先生突然大喊了一声：“农夫布朗的儿子来了。”

青蛙爷爷弗洛格立刻把气愤丢到一边，脸上现出焦虑的神色。他如坐针毡地坐在睡莲叶子上，准备随时跳进微笑池塘里。这都是因为他怕农夫布朗的儿子口袋里藏着石头。布朗的儿子每次来微笑池塘的时候，经常用石头打他。

蟾蜍托德老先生一点紧张的神色都没有。他甚至都没去寻找藏身之处。他依旧坐在那里，咧着嘴，得意地笑着。

“你最好小心点。否则，你恐怕再没机会来微笑池塘了。”青蛙爷爷弗洛格警告道。

“哦,”蟾蜍托德老先生回答道,“我才不怕呢。农夫布朗的儿子是我的朋友。我在花园里帮过他。如何跟人交朋友也是我在外面的大千世界里学会的。”

“呱!”青蛙爷爷弗洛格说,“我只想让你明白——”

可是,谁也不知道他到底想让蟾蜍托德老先生明白什么。因为就在这个时候,青蛙爷爷弗洛格瞄到了农夫布朗的儿子的身影。还没来得及说再见,他就一头扎进了微笑池塘里。

青蛙爷爷弗洛格去见识大千世界

青蛙爷爷弗洛格阴沉着脸，坐在微笑池塘里的那张宽大的绿油油的睡莲叶子上。他看起来一副心事重重的样子。一只蠢头蠢脑的绿头苍蝇擦着他的鼻子尖儿飞过，他居然理都不理。他还真的有心事。这一切全都是因为昨天他的表弟蟾蜍托德老先生前来拜访他，然后他们两兄弟又像往常一样吵了起来，争吵的还是老话题：到底是在家里待着好呢，还是去外面闯荡好。

就在他们吵得不可开交的时候，农夫布朗的儿子来了。青蛙爷爷弗洛格非常害怕见到这个男孩，所以一见他露面，青蛙爷爷弗洛格就立刻停止争吵，扑通一声跳进微笑池塘里，躲到了睡莲叶子底下。他躲在那里，目不转睛地盯着他的表弟蟾蜍托德老先生，看见他满不在乎地咧着嘴，一点都不害怕农夫布朗的儿子。而且蟾蜍托德老先生还吹嘘说他们俩是好朋友。青蛙爷爷弗洛格原本以为他表弟只是在吹牛皮而已，可看到农夫布朗的儿子手里拿着一根草棍，不停地搔弄着蟾蜍托德老先生的下巴颏儿，而托德先生则一动不动地坐着，似乎很舒服的样子时，青蛙爷爷这才相信他表弟说的都是真的。

青蛙爷爷弗洛格一直藏在睡莲叶子底下，直到蟾蜍托德老先生起身返回芳草地、农夫布朗的儿子也回家吃晚饭时，他才敢露面。青蛙爷爷弗洛格自重新爬到那张宽大的绿油油的睡莲叶子上开始，就一直这么呆呆地坐着，一直坐到子夜时分，连微笑池塘里的夜晚大合唱都没有参加。放到平时，青蛙爷爷早就用他那低沉的大嗓门领唱了。他一直想啊想啊，想得头都快炸了。现在，又一个阳光明媚的早晨到来了，而他依然还在思考。

其实，青蛙爷爷弗洛格一直在思考托德先生说的话到底有没有道理。要是外面的大千世界能教会托德先生如何跟农夫布朗的儿子做朋友的话，那就说明那里还真的有东西可学。倒不是说青蛙爷爷弗洛格真的想去那个世界学点什么，这一点他是不会承认的，不论是对托德先生还是对其他人。因为他已经非常老了，再说啦，他的朋友们都称赞他是个见多识广的人，他没必要再去学什么本事了。他只是打心眼儿里觉得那个大千世界里可能会有他在微笑池塘里学不到的东西。所以，他就一直坐在那里，不停地思考又思考。突然，他做出了一个决定。

“呱！”他大叫一声，

“就这么做！”

“做什么？”麝鼠杰里恰巧路过微笑池塘，就好奇地问道。

“我要出门，去见识见识外面的大千世界。我表弟蟾蜍托德老先生老跟我提起它，我要亲自去看看它到底是什么样子。”青蛙爷爷弗洛格回答说。

“您千万别去。”麝鼠杰里劝道，“你千万不要做这种傻事。青蛙爷爷弗洛格，您已经老了，非常非常老了，哪能再出去闯荡啊！”

别人说自己年老体衰，还劝阻自己去做自己想做的事，没有几个人会高兴的，青蛙爷爷当然也不例外。“少管闲事，麝鼠杰里。”他气呼呼地说，“我想我明白自己该做什么，用不着别人来教我。既然我表弟托德先生出门在外都能照顾好自己，那我当然也可以。他还没我一半儿精明呢。我马上出发，没什么可说的了。”

说完，青蛙爷爷弗洛格一头扎进微笑池塘里，游到浅滩，爬上岸，然后穿过芳草地，头也不回地朝大千世界走去。

青蛙爷爷弗洛格的倔劲儿上来了

嗯哈，嗯哈哈！

呱呱，呱呱呱！

说干就干，青蛙爷爷弗洛格果真起程去见识大千世界了。没错，朋友们，他义无反顾地告别微笑池塘，只抛下一个背影。麝鼠杰里费尽口舌也丝毫没能动摇他的决心。一旦决定做什么事，青蛙爷爷

弗洛格就一定会去做，谁劝都是在浪费时间和口舌，根本无法让他做出任何改变。我们知道，青蛙爷爷弗洛格非常固执。没错，就是这个词——固执。他表弟蟾蜍托德老先生整天挂在嘴边的那个大千世界，他一定要亲眼去看看，他想知道大千世界是不是真的如他表弟说的那样好，是不是真的比他生活了一辈子的微笑池塘要好几千倍。

“连蟾蜍托德老先生都能在大千世界里吃饱喝好，那我当然也可以做到。”青蛙爷爷弗洛格边想边放开步子朝芳草地的方向跳去。“论起精明劲儿，他还不如我呢！再说了，两个他也赶不上我的灵活劲儿，我跳一下赶得上他走三步。我要亲自去见识见识大千世界。见识完以后，我再返回微笑池塘，这辈子哪里也不去了。呱，天气真暖和！”

天气的确很暖和。整天乐呵呵的红圆脸太阳公公笑得分外灿烂，把最温暖的阳光洒到芳草地上。西风老妈家的微风梅里众兄弟正在睡午觉。原来，他们尽情地玩儿了一个早上，现在都已经累了。周围一丝风也没有，也没有任何阴凉能让青蛙爷爷弗洛格停下来凉快一下。所以，他越往前跳，就越觉得热。他口干舌燥，真想立刻跳进微笑池塘里，重温那股熟悉的凉爽感觉！可是，他有着一股牛脾气。尽管他觉得越来越难熬，可他始终不愿意回头。他要亲自去见识见识那个大千世界，看那地方能拿他怎么样。他于是继续往前跳，一直跳呀，跳呀，跳呀跳。

青蛙爷爷弗洛格在欢笑小溪里和陆地上交替穿梭。在陆地上走累后，他就跳进溪水里游上一阵子，热得实在受不了了，再跳进溪水里解解暑。他一直沿着溪岸赶路，只要一离开水，他就感觉很难受。一开始的时候，他可以跳出去很远，这全是他的那双长腿的功劳；可是，草地上的那些长长的草叶总是绊住他的腿脚，就这样没跳多久，他的步子就变得越来越小，越来越小，越来越小。每往前跳出去一步，他就得大口大口地喘粗气，他的肺在呼呼作响，都快赶上风箱了。要知道他可从来没有赶过这么长时间的路，以前他都是走几步就歇一会儿，他的老胳膊老腿哪经得起这番折腾。

这里有一条名叫山野小路的小道，它要好走得多，生活在芳草地一带的那些小动物都知道它。只可惜青蛙爷爷弗洛格对这一带不熟悉，当然不知道这条小路。况且他只是头脑一热便跑了出来，根本就不知道自己的目的地在何方。他的旅途自然会非常艰难，的确非常非常艰难。地上的草都长得非常高了，他连路都看不清楚，坚硬粗糙的路面把他柔嫩的脚掌都磨破了，微笑池塘一带的路面可没有这么糟糕，那里的路都覆盖着青苔，走上去都是松松软软的。赶了一小会儿的路，他的肠子都悔青了，真不应该冒出这个去见识那个大千世界的想法。可是，他既然已经把大话说出去了，他就得去做。他只好硬着头皮继续赶路——跳一下，再跳一下，停下来喘口气；跳一下，再跳一下，停下来再喘口气；跳一下，而后休息一会儿。

就在他休息的时候，突然听到了一阵脚步声和一个恐怖的声音，吓得他全身的鸡皮疙瘩都起来了。呼哧，呼哧，呼哧！那声音离他越来越近。青蛙爷爷弗洛格伏下身子，肚皮紧紧贴在地面上。可是，这一切一点儿用处也没有，一丁点儿的用处也没有。那个呼哧呼哧的喘气声离他越来越近，最后竟然来到了他的脑袋上方。上帝啊，竟然是猎狗鲍泽！鲍

泽看起来也是一脸震惊的样子。他抬起一只爪子，翻开青蛙爷爷弗洛格的身体，让他四脚朝天地躺在地上。青蛙爷爷弗洛格挣扎着翻过身来，而后又跳出了两大步。

“汪汪！”鲍泽一边大声咆哮，一边又把他翻过去。鲍泽觉得有趣极了，可是青蛙爷爷弗洛格却觉得自己的末日马上就要到了。

青蛙爷爷弗洛格勇往直前

虽然青蛙爷爷弗洛格见多识广，

可犯糊涂这事，哪管年长不年长。

我想，这个说法你肯定会认同，

他这个老顽固比骡子还要倔强。

青蛙爷爷弗洛格觉得自己的末日肯定已经到了。他觉得这一点毋庸置疑。此刻，他已经远离他那亲

爱的安全的微笑池塘，在这个芳草地上，他的小命完全捏在猎狗鲍泽的手里。每次，他翻过身来，鲍泽就把他掀过去，还围着他转圈儿，肆无忌惮地大声吠叫。青蛙爷爷弗洛格觉得鲍泽那可怕锋利的牙齿每时每刻都有可能会刺穿自己的身体，一想到这里，他就浑身冒冷汗。意识到自己跑不掉以后，他只好认命，躺在地上不动了。他已经筋疲力尽，魂飞魄散，再也跑不动了。

他躺在地上不动，这反而让鲍泽大为扫兴。让他感兴趣的是青蛙爷爷弗洛格慌不择路的样子。鲍泽把青蛙爷爷弗洛格提溜起来，朝空中抛去。可是，青蛙爷爷弗洛格在落地后，依然一动不动地躺在那里。

“汪汪汪！”鲍泽对着他声嘶力竭地大声吠叫。可青蛙爷爷弗洛格就是一动也不动，他那双圆鼓鼓的大眼珠子眨都不眨。鲍泽把他浑身闻了个遍。

“我想他可能已经吓死了吧。”鲍泽自言自语地说，“我可没想过要弄死他。我只是想逗逗他而已。”说完，鲍泽又闻了他一下，然后一溜烟地跑掉了，去找其他乐子了。你看，他压根儿就没想要去伤害青蛙爷爷弗洛格。

青蛙爷爷弗洛格直挺挺地躺着不动。确定猎狗鲍泽已经走远以后，他才长舒一口气，然后拖着筋疲力尽的身体，爬到一片毛蕊花叶子底下，去喘口气，梳理一下刚才的一切。

“呱！真是一段可怕的经历，真是太可怕了！”他自言自语地说，一想到自己刚刚经历过的那些事情，他的身体就抖个不停。“在微笑池塘里，我从没有经历过这种事情。我早就说过，微笑池塘里的生活非常舒服，它比那个大千世界好上千倍。现在，我更加确信无疑了。可问题是，我现在该怎么办呢？”

问题的答案，青蛙爷爷弗洛格其实一清二楚。最好的办法当然是立马掉头，以最快的速度返回微笑池塘了。可是，青蛙爷爷弗洛格是个一根儿筋。没错，他非常非常固执。其实，固执还有另外一个名字，那就是——愚蠢。青蛙爷爷弗洛格告诉过麝鼠杰里他要到大千世界去游历。他要是现在就回去，

每次您一受惊，您都像刚才那样乱蹦乱跳的话，您是绝对无法游历完大千世界的。

不被杰里笑死才怪呢。

“绝对不能那么做。”青蛙爷爷弗洛格忘情地说。

“你绝对不要做什么呀？”一个声音在他身旁响起。青蛙爷爷弗洛格吓了一大跳，想都没想就纵身往前跳去。我们知道，待在微笑池塘里时，一有个风吹草动，他就立马纵身一跳，钻进池水里藏起来。在那里，他一直很安全。可是，这里没有水，就算他跳得再远，别人都可以看得到他。而后他环顾四周，想看看吓他一跳的那人到底是何方人士。原来是田鼠丹尼。

“不把大千世界游历完，我绝对不返回微笑池塘。”青蛙爷爷弗洛格粗声粗气地回答道。

“每次您一受惊，都像刚才那样乱蹦乱跳的话，您绝对无法游历完大千世界的。”丹尼摇着头说，“不会的，青蛙爷爷，您是没有办法游历完大千世界的。因为您可能会恰好跳进白尾鹞怀特泰勒的爪子里，或者落进他表弟红尾雷德泰尔的手里，也有可能会落进狐狸雷迪的嘴里。青蛙爷爷弗洛格，您最好听我的，赶紧回微笑池塘去。您对大千世界缺乏必要的了解，您会没命的。”

可是，青蛙爷爷弗洛格是个老顽固，田鼠丹尼磨破了嘴皮子，也没能劝动他。“我之所以出来就是为了去游历大千世界，我要继续赶路。”他说。

“好吧。”田鼠丹尼无奈地说，“既然您主意已定，那就继续赶路吧。我送您一程，好让您少走些弯路。”

“谢谢你。”青蛙爷爷弗洛格回答道，“那我们现在就起程吧。”

田鼠丹尼感到责任重大

“责任重大”是一个很长的词语。这个词语所代表的意义也很重大。这说明词语的长度跟意义重大存在着一致性。我认为，词语就应该如此，不是吗？田鼠丹尼在芳草地上巧遇青蛙爷爷弗洛格，看到他远离微笑池塘，固执地想要继续上路去游历大千世界，但是，那里可没有宽大的绿油油的睡莲叶子供他睡觉和休息，他也没法照顾好自己，田鼠丹尼立

马就感到自己责任重大。彼得兔就是觉得自己有责任照顾绒尾兔，不让她受到丝毫的伤害，所以才把绒尾兔从老牧场带到老沙窝那里去的。田鼠丹尼对青蛙爷爷弗洛格的情感也是如此。

我们知道，青蛙爷爷弗洛格一受惊，就像刚才那样胡蹦乱跳的话，他是不可能见到大千世界的。这一点丹尼非常清楚。也许那种跳法在微笑池塘里很受用，因为那样他可以躲进池水里，避开敌人；可是，在芳草地上或是在绿森林里，他这一招却不好使。一旦危险靠近，唯一安全的办法就是屏住呼吸，一动不动地坐着。这个道理，丹尼打小就明白。

田鼠丹尼非常喜欢青蛙爷爷弗洛格，他因此不忍心看到什么不好的事情发生在青蛙爷爷弗洛格的身上。意识到自己没有办法把青蛙爷爷弗洛格劝回微笑池塘后，他便决定和青蛙爷爷弗洛格一起上路，来确保他的安全。没错，朋友们，他必须这么做。他觉得自己必须对青蛙爷爷弗洛格的安全负责。温馨的一幕于是上演了：田鼠丹尼在前头跑，一脸的忧虑和担心，不时地环顾四周，时刻提防着潜在的危险；青蛙爷爷弗洛格气喘吁吁地跟在他的后面，一门心思地想去游历大千世界，想要看看那个地方究竟是不是真的和他表弟蟾蜍托德老先生说的那样，比微笑池塘好很多。

在芳草地上的长草下面，丹尼挖了很多条纵横交错的小路。他可以在那些小路上飞奔，那些想要找他的人根本连他的影子都看不到。不出意外，他打算领着青蛙爷爷弗洛格走其中的一条小路。可是，青蛙爷爷弗洛格既不是走着赶路，也不是跑着赶路，而是跳着赶路。他们很快就发现，青蛙爷爷弗洛格在丹尼的那些小路上根本就跳不起来。青蛙爷爷弗洛格没法在那些小路上走。丹尼只好坐下来，冥思苦想起来，他紧皱眉头，焦虑异常。他从没有这么焦虑过。事实已经非常清楚了，青蛙爷爷弗洛格必须回到地面上，这样他才能跳得起来；可是，万一有人恰好路过，他就会清清楚楚地暴露在那人的眼皮子底下。丹尼再次试图把青蛙爷爷弗洛格劝回微笑池塘，但是这些话简直就是对牛弹琴，青蛙爷爷弗洛格一点也不为所动。他既然要去游历大千世界，那他就一定要去看一看。

丹尼长叹一声。“既然您主意已定，那您就继续赶路吧。”他说，“我想要是真有哪条小路适合您赶路的话，那就非山野小路莫属。虽然走那条道很危险，非常危险，但我觉得您别无选择。”

“呱！”青蛙爷爷弗洛格回答道，“我不怕。田鼠丹尼，告诉我山野小路怎么走就可以了。你去忙你的吧。”

丹尼带着他找到山野小路。

青蛙爷爷弗洛格可以在这条路上跳着赶路，不用担心被长长的草叶绊住腿脚，也不用担心自己柔

嫩的脚掌会被修剪过的锋利无比的草茎刺破，他不禁松了一口气。可是，丹尼依旧越来越担心。他不肯离开青蛙爷爷弗洛格，原因很简单，他觉得他要对青蛙爷爷弗洛格的安全负责；可是，同时他也怕得要命，附近肯定有他们的天敌正虎视眈眈地注视着他们。他巴不得赶紧回家，但是他还得硬着头皮继续往前走。这样的田鼠丹尼才是一个真正的勇士。

奇怪的顺风车

出远门的人儿，你要是心不在焉，
或者自认为可以战胜路途艰险。
那么，你必定会遇到千百种困难，
万般厄运接踵而来也非天方夜谭。

田鼠丹尼在前面带路，青蛙爷爷弗洛格一蹦一跳地跟在后面。他们沿着山野小路往前赶路。青蛙爷爷弗洛格觉得丹尼真是个胆小鬼，生活在芳草地一带的和他相识的那些小动物没有一个像丹尼这么胆小。丹尼总是尽量躲在茂密的草叶底下赶路。走到寸草不生的地方时，丹尼就紧张地左瞧右看，然后撒开他那四条小短腿，以飞快的速度穿过这块地方。安然无恙地走过去之后，他会停下来，等青蛙爷爷弗洛格撵上来。要是恰好有个影子在芳草地上空掠过，丹尼就会立刻钻进旁边的草堆里，大气儿都不敢出。

“愚蠢！”青蛙爷爷弗洛格嘟哝道，“笨蛋！傻

瓜才这么自己吓唬自己！除非真的遇见可怕的东西，我绝对不会害怕的。真是让人受不了。一直这么自己吓唬自己有什么好处呀？看哪，对大千世界一无所知的我毫无惧色；可田鼠丹尼呢，在这里都生活了大半辈子了，却时时刻刻都那么提心吊胆，生怕遭受灭顶之灾。丢人！真是愚蠢到家了！”

青蛙爷爷弗洛格已经上了些年纪，因此他是微笑池塘一带公认的见多识广的圣人。不过，那些圣人要是觉得自己无所不知的话，那他们难保不会犯傻。青蛙爷爷弗洛格就属于这一类人。此时此刻，愚蠢的不是田鼠丹尼，而是青蛙爷爷弗洛格自己。我们早就知道，田鼠丹尼非常清楚芳草地一带到底有多危险，到底有多少双眼睛正在虎视眈眈地盯着自己。唯一能让自己安全的办法就是时刻警醒，这个道理，他很早之前就明白。只有时刻保持警惕，在他的那些想要拿他填饱肚子的天敌出现的时候，他才不至于吓得惊慌失措。

所以呢，青蛙爷爷弗洛格虽然瞧不上丹尼，但丹尼小心从事却是非常明智的。他的做法，非但不愚蠢，反而是非常非常明智的。他是为了带领青蛙爷爷弗洛格去游历大千世界，才选择走山野小路的，这是因为只有在山野小路这样的开阔地上，青蛙爷爷弗洛格才跳得起来。否则的话，丹尼只会走那些秘密通道的，他压根儿都不会走其他路的。田鼠丹尼还有一个担心——他怕要是没有人替青蛙爷爷把风，青蛙爷爷迟早会遭遇不幸。

他们继续赶路，依然什么事情都没有发生。越是这样，青蛙爷爷弗洛格越是觉得田鼠丹尼跑跑藏藏的走路方式很愚蠢很胆小。田鼠丹尼一头扎进深草丛里并警告青蛙爷爷弗洛格也这么做的时候，青

蛙爷爷弗洛格差点儿就把自己的真实想法说出来了。不过，他没有这么做。

“呱！”他说道，“没什么可害怕的。除非迫不得已，我才不会藏起来呢。”

他停在原地，就停在山野小路的路中央，东瞅瞅，西看看。可是，他什么危险也没有发现。就在这时，从山野小路拐弯的地方走来一个人——你猜是谁？上帝啊，是农夫布朗的儿子！

看见青蛙爷爷弗洛格，他兴奋地欢呼一声，而后直扑青蛙爷爷弗洛格。青蛙爷爷弗洛格先是发出一声尖叫，接着跳起来就跑。可惜一切都太迟了。他还想再跳出去的时候，却被农夫布朗的儿子拎住两条后腿，提溜了起来。

“哈哈！”农夫布朗的儿子大声欢呼起来，“我敢肯定，这就是我一直想抓住的那只住在微笑池塘里的老青蛙。青蛙先生，你的这两只肥壮的后腿肯定很好吃，肯定非常非常好吃。”

说完，他把青蛙爷爷弗洛格的四条腿捆到一起，拴在绳头上，而后继续顺着芳草地上的路朝前走。可怜的青蛙爷爷弗洛格就在绳头上晃来晃去。这种顺风车可是闻所未闻，而且还是最不舒服的那种。青蛙爷爷弗洛格的肠子都快悔青了，他真希望自己从来就没有动过到大千世界里闯荡的念头。

青蛙爷爷弗洛格万念俱灰

青蛙爷爷弗洛格的腿脚都被捆在一起，他头朝下，在绳头上荡来荡去，不知道农夫布朗的儿子要把他带到哪里去。这种经历真是糟糕透顶。农夫布朗的儿子带着他走在芳草地上。走到半路的时候，西风老妈的那几个儿子——微风梅里众兄弟，蹦蹦跳跳地迎面而来。一开始，他们谁都没有看到青蛙爷爷弗洛格，直到他们中的一个跑上去戏弄农夫布朗的儿子，把他的帽子吹掉在地上时，他这才看到青蛙爷爷弗洛格。

微风梅里众兄弟跟青蛙爷爷弗洛格是非常要好的朋友。他们很喜欢青蛙爷爷弗洛格。以前，青蛙爷爷弗洛格躺在那张宽大的绿油油的睡莲叶子上时，他们经常把那些呆头呆脑的绿头苍蝇吹到他的嘴边。所以，微风梅里众兄弟中的那位看到青蛙爷爷弗洛格的悲惨处境时，立刻把戏弄农夫布朗的儿子的想法抛到了脑后。他飞奔回去，把这个消息告诉了他

的兄弟们。他们一时间全都安静了下来，没了寻乐子的兴致。

“糟糕透顶，真是糟糕透顶！”老大大声说道。

“我们得去帮帮青蛙爷爷弗洛格！”老二也大声说道。

“当然了，我们必须马上行动。”老三接过了话茬儿。

“可是我们究竟能做什么呢？”老四问道。

谁都没有回答。他们使劲想啊，想啊，想啊想。最后，老大开口了。“我们可以试着去安慰他一下。”他说。

“太好了，我们就这么做！”其他几人一起大声欢呼道。

“如果我们把尘土扬到农夫布朗的儿子的脸上，再把他的帽子偷走，也许他就会把青蛙爷爷弗洛格放下来。”老大继续说道。

“好主意！”其他几人一边大声应和，一边激动得跳起舞来。

“接下来，我们抓紧时间通知青蛙爷爷弗洛格的朋友们，把事情的前因后果以及青蛙爷爷现在的方位告诉他们。说不定他的朋友当中有人能帮得上忙。”老大继续说道。

他们说干就干，闲话不再多说，铆足劲去追农夫布朗的儿子。他们中的一个跑得比其他人要快一些，他跑上前去，趴在青蛙爷爷弗洛格的耳边小声地告诉他，他们是来帮助他的。可是，年迈可怜的青蛙爷爷弗洛格却一点儿也高兴不起来。微风梅里众兄弟能做什么啊！他的大腿疼得要命，因为捆住他的那根绳子已经勒进了肉里；他的头也很疼，要知道，他一直头朝下地吊着。没错，朋友们，青蛙爷爷弗洛格连一星半点儿的安慰感也感觉不到。他深陷可怕的困境之中，看不到任何脱身的希望。一丁点儿逃生的希望也没有。农夫布朗的儿子一边开心地吹着口哨，一边大踏步地朝前走着。我们知道，他不可能去想青蛙爷爷弗洛格会遭什么样的罪，也不可能去想青蛙爷爷弗洛格的心里有多害怕。但是，他不是一个残忍的孩子。不是，绝对不是，农夫布朗的儿子不是残忍的孩子。换句话说，做出这么残忍的事是他的无心之过。他只是跟大多数男孩子和女孩子一样，做事有些欠考虑。

他就这么吹着口哨一路朝前走，一直走到田间大道上。这条路从芳草地上一路延伸，一直通到农夫布朗的家门口。在他踏上田间大道的前一刻，奇怪的事情突然发生。一大团灰尘朝他扑面而来，中间还夹杂着很多落叶和小树枝，呛得他差点儿喘不过气来。灰尘迷住了他的眼睛，他头上的帽子也被风掀掉，刮进了菜园里。他急忙放下青蛙爷爷弗洛格，然后掏出手绢，去擦眼睛里的灰尘。

“咻！”农夫布朗的儿子一边急忙去追自己的帽子，一边大声惊叫，“真是活见鬼，从哪里冒出来的这股风呀！”

不过，你我都很清楚这股突如其来的风正是微风梅里众兄弟的杰作。其实，青蛙爷爷弗洛格也应该知道这股风是怎么回事的。可惜，他没动脑子去想。我们知道，跟农夫布朗的儿子一样，青蛙爷爷弗洛格的鼻孔和眼睛都被那团灰尘糊得严严实实，而且他的脑袋早就被吓成了一团糨糊，没了思考的能力。被农夫布朗的儿子扔到地上后，他却在那里躺着，心里万念俱灰，彻底绝望了。

微风梅里众兄弟四下里寻找帮手

农夫布朗的儿子丢下青蛙爷爷弗洛格，摸索着掏出手绢，竭力擦拭眼睛。看到这一幕，微风梅里众兄弟高兴得差点儿叫出声来。接下来，农夫布朗的儿子要想追上自己的帽子的话，还得翻过篱笆。可是，每次就在他即将抓到帽子，而且在他确定自己肯定可以抓到它的时候，微风梅里众兄弟及时把它吹得更远一些。这是微风梅里众兄弟最爱玩儿的

游戏。不过，此时此刻，他们可没有心情胡闹。没有，的确没有，他们现在没心情胡闹！他们这么做的目的是为了引开农夫布朗的儿子，让他远离青蛙爷爷弗洛格。

引开农夫布朗的儿子后，他们立刻丢下帽子，然后分头行动。他们飞过芳草地和绿森林，朝微笑池塘飞去。他们到那里去做什么？呃，去找青蛙爷爷弗洛格的朋友，请求他们的帮助啊。要知道，微风梅里众兄弟虽然可以让农夫布朗的儿子把青蛙爷爷弗洛格放下，可是他们却没有办法打开绳结或割断绳索，而只有把捆绑住青蛙爷爷两条后腿的绳子解开，青蛙爷爷弗洛格才能重获真正的自由。他们现在需要另外一个人来帮忙，这个人要有尖利的牙齿，还要真正关心青蛙爷爷弗洛格的安危，而且愿意帮忙才行。

老大想到了金花鼠五道眉儿，于是马上朝老石墙的方向飞去。老二则迅速行动，去找田鼠丹尼。老三打算去找彼得兔，便朝老沙窝飞去。老四打算去找臭鼬吉米。他依然记得，有一次，“小黑”乌鸦布莱基掉进了捕鸟器里，正是臭鼬吉米帮助布莱基脱困的。老五想到了住在绿森林里的“开心果”松鼠杰克，杰克有一副非常锋利的牙齿，老五于是赶紧去找他。老六则径直朝微笑池塘飞去，他要去找麝鼠杰里。他们每个人都在争分夺秒地行动着。

此时的青蛙爷爷弗洛格对逃生依然不抱有任何希望。没错，朋友们，这只可怜的老青蛙已经彻底绝望。我们知道，他根本就没弄明白微风梅里众兄弟正在做什么，他脑袋里一团糟，完全丧失了思考的能力。被农夫布朗的儿子扔到地上后，他就在那里躺了老长一会儿。接下来，他看到离自己不远的地方有一块旧木板。他想都没想，就朝那块木板靠过去。因为木板下面似乎有一点空间，他可以藏到它的下面。这可不是一件容易做到的事，要知道他那擅长跳跃的长长的后腿还被绳子捆着呢。他只能趴在地上，扭着身子，一点点往前爬。农夫布朗的儿子捡起帽子，翻过菜园的篱笆，回到田间大道上的当儿，青蛙爷爷弗洛格恰好刚爬到那块旧木板旁藏了起来。

微风梅里众兄弟突然把尘土扬到农夫布朗的儿子的脸上，还刮跑了他的帽子，他在慌乱之中只好把青蛙爷爷弗洛格扔到地上，没去在意自己到底把青蛙爷爷弗洛格丢到了哪里。结果呢，他自然不知道应该去哪里找那只青蛙。不过，他知道肯定不会很远，确信自己一定能找到那只青蛙。他刚要开始寻找时，晚餐的号角声就响了起来。农夫布朗的儿子有点犹豫不决。他肚子很饿，如果回去晚了，他可能就赶不上吃晚饭了。他可以吃完饭再回来找青蛙爷爷弗洛格，因为那只青蛙的后腿被捆着，肯定走不了多远。农夫布朗的儿子看了这个地方最后一眼，然后朝家门口走去。

要是微风梅里众兄弟知道这个情况，他们就不用这么着急忙慌的了。可惜的是，他们没法知道。他们依旧拼命地加快速度，寻找着青蛙爷爷弗洛格的朋友们。可是，青蛙爷爷弗洛格的朋友们好像都约好了似的，专门在今天集体出门去了。微风梅里众兄弟一刻不停地四处寻找帮手。最后，他们累得都快走不动路了。所以，就在农夫布朗的儿子已经回家吃饭而青蛙爷爷弗洛格已经躲到田间大道上的一块旧木板底下的时候，微风梅里众兄弟依然还在尽他们最大的努力去帮青蛙爷爷弗洛格寻找帮手。

金花鼠五道眉儿咬断了绳子

嘻嘻嘻！哈哈哈！

今儿个天气真好哇，

我听从老妈的吩咐，

来到屋外尽情玩耍！

金花鼠五道眉儿当然知道这些话都是一些没有任何意义的废话。不过，他很早以前就明白这么一

个道理：心情好得冒泡时，说些傻话，再做点傻事，那会更有意思。而这些正是他此时此刻想要做的。所以，沿着田间大道旁的旧铁栅栏往前跑的时候，他的嘴里一边念叨着这些废话，一边时不时咬几口刺山柑。这都是因为他的心情好极了。他那双亮晶晶的小眼睛一刻不停地欣赏着周围的一切。

金花鼠五道眉儿把家安在老石墙附近，他跟西风老妈家的微风梅里众兄弟是铁哥们儿，关系非常非常铁的哥们儿。几乎每天早上，他们都在一起嬉闹玩耍。可是今天早上，微风梅里众兄弟到现在也

没有来老石墙这里找他玩儿。准确地说，老时间到了，但他们还没有来。金花鼠五道眉儿又耐心地等了他们一小会儿。他今天心情大好，便决定沿着田间大道溜达溜达，看看那里有没有什么新鲜事。就因为这些，着急上火找他帮忙的微风梅里众兄弟中的老大才没有找到他。

可是，金花鼠五道眉儿对这件事毫不知情。他在旧铁栅栏上面奔跑了一会儿，然后跳到一根柱子的顶部坐下，开始擦手抹脸。金花鼠五道眉儿非常爱干净，喜欢让自己一尘不染。而后他抬起头，朝天空中的秃鹫巴扎德老先生挤了挤眼睛。巴扎德老先生正在碧蓝碧蓝的天空里，一圈一圈又一圈地翱翔着。金花鼠五道眉儿追着自己的尾巴转圈圈，结果差点儿从柱子上掉下来。看见红尾雷德泰尔正站在芳草地上的一棵树的树顶上，金花鼠五道眉儿又朝那个方向做了个鬼脸。猎狗鲍泽正好从这里路过，他又对猎狗鲍泽一顿挑衅谩骂。直到猎狗鲍泽走远了以后，他才住口。然后，他踮起脚尖，继续沿着铁栅栏往前跑。

他抓起那个绳头，开始往后拽。

接下来这段铁栅栏颤颤巍巍的，走到一半的时候，金花鼠五道眉儿突然停下了脚步。他那双亮晶晶的眼睛瞅见了什么东西，让他的心里充满了好奇。换成彼得兔，他也会好奇得要命。那个东西原来是一个绳头。没错，朋友们，是一个绳头。金花鼠五道眉儿经常发现绳头，这个自然没有什么好大惊小怪的。那个绳头竟然不停地动来动去，这才吸引了他的注意力，勾起了他的好奇心。每隔几秒钟，绳子就会猛地动几下。有谁听说过自己会动的绳头吗？金花鼠五道眉儿当然也没有听说过。他不明白这究竟是怎么回事。

他站在旧铁栅栏顶上看了老长一会儿。然后飞快地跑到地面上，走几步，停一会儿，仔细观察那个绳头的动静。他离那个自己会动的怪绳头越来越近，越来越近。这个绳头竟然会动，这让他打心底好奇不已。所以，他表现得非常小心，不愿意离它太近。他先是躲在一边，仔细观察它，然后又绕到对面，从另一边观察它。最后，他看清楚了，这根绳子的另一头压在一块旧木板底下。这时，他才明白了什么。肯定是有人正躲在那块旧木板底下，不停地扯动这根绳子。

金花鼠五道眉儿坐了下来，挠着头皮思考着。拉扯这根绳子的那个家伙的身体肯定不会很大。否则，那块旧木板肯定遮不住他的身子。所以，他完全不用害怕。金花鼠五道眉儿的眼睛里闪过一丝狡黠的光芒。他抓起那个绳头，开始往后拽。对方也在死力往后拽，毫不放松！他抓紧绳子，更加卖力

地往后拉。不一会儿，他就把青蛙爷爷弗洛格从旧木板底下拉了出来。青蛙爷爷弗洛格的腿被捆绑在一起，活似一个奇怪的粽子。金花鼠五道眉儿不禁一惊，绳子从他的手中跌落到地上，结果他差点儿跌了个仰八叉。

“怎么是您，青蛙爷爷弗洛格，您到底在搞什么鬼？”他大声嚷嚷道。

金花鼠五道眉儿松开绳子的当儿，青蛙爷爷弗洛格立刻把腿缩进木板底下。不过，听出是金花鼠五道眉儿的声音后，他便慢慢腾腾地、异常艰难地从木板底下往外爬。他把自己落入农夫布朗的儿子之手以及被他捆绑的经过告诉给了金花鼠五道眉儿，又把自己被丢弃在旧木板旁的原因告诉了金花鼠五道眉儿。他说自己被吓坏了，他的两条腿疼得要命。没等他说完，金花鼠五道眉儿就开始动手了。眨眼间，金花鼠五道眉儿就用自己那口锋利的牙齿把捆住青蛙爷爷弗洛格的绳子给咬断了，而青蛙爷爷弗洛格却还在絮絮叨叨地诉说着自己的不幸遭遇。

青蛙爷爷弗洛格寻找山泉

金花鼠五道眉儿把捆住青蛙爷爷弗洛格那两条长腿的绳子咬断后，青蛙爷爷弗洛格终于重获自由，他高兴得不知道怎么样才好。当然喽，他一再地向金花鼠五道眉儿表示感谢。金花鼠五道眉儿回答说，这没什么，不用放在心上。他还说，能帮到青蛙爷爷弗洛格，他感到非常高兴。

“我们这些人，一旦出门在外，就应该互相帮助。”金花鼠五道眉儿告诉青蛙爷爷弗洛格，“说不定什么时候，我们也会需要别人的帮忙。听从我的劝告吧，青蛙爷爷弗洛格，赶紧返回微笑池塘吧。您这样的老先生是不可能适应外面的大千世界的，因为您根本就不知道应该如何保护自己。”

金花鼠五道眉儿犯了个大忌讳，他就不应该说这一番话。上了年纪的人不仅不喜欢别人说他们老，

而且也不喜欢别人说他们不懂这个不懂那个。青蛙爷爷弗洛格挺直身子，做出一副非常愤慨的样子。

“呱！”他说道，“我还就告诉你了，金花鼠五道眉儿，一直以来，都是我劝别人；能劝动我的人，还没出生呢。我是一不留神，才落入农夫布朗的儿子之手的。那纯粹是个意外。有本事，他再抓我一次试试。没错，我把话撂在这里了——有本事，他再抓我一次试试！”

上帝啊，上帝啊！青蛙爷爷弗洛格的牛皮都快吹破了。他要是正待在微笑池塘里，谁都伤不到他的话，那他吹吹牛也就罢了；可是，现在他正待在田间大道上，连怎么返回微笑池塘都不知道，他还这么吹牛，真是愚蠢，愚蠢透顶。其实，金花鼠五道眉儿心里比谁都清楚青蛙爷爷弗洛格这是在吹牛。不过，他非常尊重青蛙爷爷弗洛格；而且他也明白：被人抓住并落得这么个狼狈下场，青蛙爷爷弗洛格心情不好，甚至窝火，这完全情有可原。金花鼠五道眉儿一边识趣地用手掩住笑，一边说：“您当然不会再被他抓住的。您多聪明多睿智，我全都知道。

可是，您看起来已经精疲力竭，外面的大千世界又充满那么多的艰难险阻。依我看，您最好还是回到微笑池塘去吧！”

可是，青蛙爷爷弗洛格固执得像头牛。既然已经出门游历大千世界了，他可不想让生活在芳草地和绿森林一带的那些小东西们笑话他胆小怕事。跟周围的那些危险相比，其实青蛙爷爷弗洛格更担心丢面子。聪明人有时就会这么糊涂，青蛙爷爷弗洛格于是坚定地摇了摇头。

“呱！”他回答道，“我得先去见识见识大千世界，然后再返回微笑池塘。你知不知道哪里能找到水呀？我都快渴死了。”

田间大道的对面就有一个山泉，那里的泉水冰凉清澈。下地干活时，农夫布朗的儿子总是先来这里把水壶灌满水，然后再到玉米地里去。金花鼠五道眉儿经常去那里喝水，对那个山泉也非常熟悉。于是他把山泉的位置告诉了青蛙爷爷弗洛格，又把去路指给了青蛙爷爷弗洛格。他还主动提出要陪青蛙爷爷弗洛格一起去。可青蛙爷爷弗洛格说他自己一个人去就可以了。

“您一定要小心，青蛙爷爷，千万别掉进那个山泉里。否则，您根本就爬不上来。”金花鼠五道眉儿叮嘱道。

青蛙爷爷弗洛格抬起头，目不转睛地盯着金花鼠五道眉儿，想看看他是不是在开玩笑。他可是在水里生活了一辈子的人，除非他不想去做，否则就没有他蹚不过去的水，竟然还有人认为他会掉进水里出不来！可是，金花鼠五道眉儿的脸上没有一丝开玩笑的样子，青蛙爷爷弗洛格只好把这些快冲出嗓子眼儿的话咽回了肚子。他谢过金花鼠五道眉儿，然后急匆匆地去找山泉了。因为，他真的非常非常口渴。还有就是他真的非常非常热。想到找到那个山泉后，他就可以洗个痛快的凉水澡时，他走得更来劲儿了。

青蛙爷爷弗洛格跳进了麻烦堆里

有些人是没头没脑，偶尔会碰上麻烦。有些人却是愚蠢透顶，自己主动去找麻烦。青蛙爷爷弗洛格是一个既没头没脑又愚蠢透顶的人，所以总是麻烦不断。金花鼠五道眉儿告诉他山泉位置的时候，他恨不得立刻插上翅膀飞过去。要知道，青蛙爷爷弗洛格在微笑池塘住了一辈子，在那里，他口渴想要喝水的时候，只需稍稍动一下身子，把嘴巴挪到他那张宽大的绿油油的睡莲叶子边上就可以了。什么时候觉得热了，他只需抱怨一下“好热”，然后一个猛子扎进清凉的水里就可以了。为了一口水要赶这么长时间的路，他可从来没有这么做过。

跳啊，跳啊，跳啊！青蛙爷爷弗洛格奋力地朝金花鼠五道眉儿指给他的方向跳去。跳上三四步，他就得停下来休息那么一小会儿，然后他再接着往前跳。跳啊，跳啊，跳啊！每跳一步，他都非常卖力。彼得兔要是看见青蛙爷爷弗洛格能跳这么远，肯定得嫉妒死他。

脚下的路面变得柔软起来。他越往前走，地面就越松软。这会儿的路面甚至有点湿润了，而且上面还有大量的青苔，踩上去软软滑滑的，感觉很清凉。这种感觉对青蛙爷爷弗洛格那双可怜的脚来说，真是太妙了。

“八成是快到了。”青蛙爷爷弗洛格自言自语道。他爬上一个覆盖着青苔的小圆丘，站在上面朝四周眺望。他一打眼便看到了一条小路。从田间大道那边延伸过来后，又从青蛙爷爷弗洛格此时站着的小圆丘旁继续往前延伸。青蛙爷爷弗洛格看到路面非常湿软。不过，路面上铺着很多旧木板，青蛙爷爷

弗洛格百思不得其解。

“它是一条小路，肯定没错。”他说道，“可是，竟然有人用旧木板把它盖住，真是太煞风景了。”

我们知道，青蛙爷爷弗洛格非常喜欢走又湿又软的泥路，他当然不会理解其他人，譬如说农夫布朗的儿子，为什么偏偏喜欢走又硬又干的路面。当然喽，他从来就没穿过鞋子，不会明白为什么会有人喜欢让自己的脚保持干燥。一直泡在水里不是挺好的嘛。正在纳闷时，忽然听到一个声音，他不禁一哆嗦，差点跌下小圆丘。那是口哨声，农夫布朗的儿子的口哨声！青蛙爷爷弗洛格一下子就听出来了，因为他还在微笑池塘的时候，就经常听到这个声音。原来，农夫布朗的儿子已经吃完晚饭，回来找青蛙爷爷弗洛格了。

农夫布朗的儿子肯定什么也找不到，那时他肯定会吃惊不已，一想到这些，青蛙爷爷弗洛格的嘴角不禁浮起一丝微笑。突然之间，那丝微笑在青蛙爷爷弗洛格的脸上凝固住了。口哨声离这里越来越近！农夫布朗的儿子已经离开田间大道，朝小路这个方向走来。实际上，他是来这边喝点水的。可是，青蛙爷爷弗洛格可想不到这些。他断定农夫布朗的儿子肯定已经发现了一些线索，知道了他逃跑的方向，就追了过来。他屏住呼吸，把肚皮紧紧贴住地面，一动不动地趴在小圆丘上。农夫布朗的儿子径直走了过去。刚走了几步，他突然停住脚步，蹲了下去。青蛙爷爷弗洛格透过草丛间的缝隙看过去，看见他用一个旧杯子把冰凉清澈的水舀起来，然后放到嘴边喝了起来。青蛙爷爷弗洛格终于知道那个

山泉在哪里了。

过了一会儿，农夫布朗的儿子又从青蛙爷爷弗洛格的身边经过，嘴里依然吹着口哨，朝田间大道那边走去。

青蛙爷爷弗洛格又等了好一会儿，确定农夫布朗的儿子已经走远后，他猛地一跳，以前所未有的速度朝山泉赶去。跳了有十来步，他才看见泉水。又跳了两步之后，他一个猛冲，扑通一声跳进山泉里，激起了好大一个水花。

“太好了！”青蛙爷爷弗洛格大叫道，“舒服极了！”

就这样，青蛙爷爷跳进了更大的麻烦里。

青蛙爷爷弗洛格再次彻底绝望

水深危险，

谨慎行事！

这样的建议真是至理名言。可是，等很多人明白过来它的意思的时候，往往已经太迟了。青蛙爷爷弗洛格也是这样。这样的建议，他这一辈子当然听过。说得更准确点，别人来微笑池塘向他寻求建议时，他总喜欢说类似的话。可是，在他决定离开微笑池塘，去大千世界闯荡的时候，他似乎把自己所有的智慧都丢在了脑后。我们知道，劝说别人时，我们说得头头是道，可事情一旦轮到我们自己的头上，我们却又做不到。从踏上这个愚蠢之旅的那一刻起，青蛙爷爷弗洛格就陷入了源源不断的麻烦之中；现在，他又陷入了另一个困境，而且他还是头朝下，扑通一声，自己主动跳进去的。

一看到那泓清凉透骨、波光粼粼的泉水，他就迫不及待地想要立刻跳进去，多一秒钟都等不及。他热得要命，浑身难受，也快渴死了！所以——哦，上帝啊！——青蛙爷爷弗洛格想都没想就跳了下去。不对，朋友们，说他是跳下去的不够准确！他是先高高地跳起来，然后一个猛子扎进水里去的。哦，

泉水舒服极了！刚开始那会儿，他脑子里除了舒服的感觉，其他的全都不再去想。这里的水比微笑池塘里的水要凉一些，要知道，这里的水可是泉水。不过，这样反而更舒服。青蛙爷爷弗洛格闭着眼睛，浮在水面上，沉浸在这无边的幸福里。

过了一会儿，他才睁开眼睛四处打量。结果，他简直不敢相信自己的眼睛。他使劲揉了揉眼睛，想看清楚到底这一切是不是真的。他的心开始下沉，好像快沉到脚趾上去了。“不！”青蛙爷爷弗洛格悲痛地号叫起来，“不！”号叫完之后，他沉默了很长一段时间。

原来，情况非常糟糕。他的周围全是高墙，墙面溜滑。抬头往上看去，他只能看见自己头顶上那一角碧蓝碧蓝的天空以及一些随风摇摆的树枝和树叶。光滑的高墙顶端长着一些杂草。可是，那些杂草看起来是那么遥远，简直遥不可及！想顺着墙壁爬上去是门儿都没有！青蛙爷爷弗洛格被困住了！虽然他一时有些慌神，但事实已经无法改变。

当然喽，农夫布朗的儿子知道这是怎么回事。

很久之前，农夫布朗恰巧发现了这个山泉。发现这里的泉水清澈见底且冰凉舒爽，于是他把山泉周围的淤泥和垃圾全部清除干净，接着他又找来一个干净的木桶，把桶底敲掉，又绕着山泉挖了一个坑，然后把那个没有底的木桶埋进坑里，最后他又在山泉底部撒上一层干净的细沙子，这样冒出来的泉水就过滤得更加清澈了。农夫布朗还在桶腰的位置凿了一个小洞，这样泉水就可以通过它流出去了。木桶里的水当然永远都不会满，因为一旦水涨到桶腰

上的小洞那里，水就会从小洞里流走。这个滑溜溜的木桶直挺挺地立着，桶壁犹如一堵高墙。待在水桶里的青蛙爷爷弗洛格无论如何也甭想跳出去。

可怜的青蛙爷爷弗洛格！他是多么多么希望自己从没有动过离开微笑池塘去大千世界闯荡的念头。他在水里游了一圈又一圈，却想不出逃出去的法子。他想过从桶腰上的那个小洞里钻出去，从而试了一次又一次。可是，那个小洞实在太小了，他根本就钻不过去。在他看来，他下半辈子恐怕就得在这里待下去了。更糟糕的是，他知道农夫布朗的儿子会时不时地来这里喝水，因为自己看到他这么做过。也就是说，农夫布朗的儿子再来这里的时候，他就会发现青蛙爷爷弗洛格。因为青蛙爷爷弗洛格根本无处藏身。一想到这些，青蛙爷爷弗洛格想死的心都有了。没错，朋友们，他再次彻底绝望了。想到这辈子再也没有机会看一眼微笑池塘，两颗大大的泪滴从他那双圆鼓鼓的大眼睛里冒了出来。

微风梅里众兄弟安慰青蛙爷爷

农夫布朗的儿子把青蛙爷爷弗洛格扔在田间大道的时候，西风老妈家的微风梅里众兄弟离开那里，忙着去通知青蛙爷爷弗洛格的朋友们，想找他们帮忙。可是，他们一个人也没有找到。青蛙爷爷弗洛格的朋友们不但全都不在家，而且就连他们经常待的地方也看不到他们的身影。微风梅里众兄弟们找啊找啊。最后，他们一个接着一个回到田间大道上，个个都是一副垂头丧气的样子。他们心里都很难过，每个人都极不情愿地回到了青蛙爷爷弗洛格被丢下的地方。

赶到那里时，他们发现金花鼠五道眉儿也在那里。他正在破口大骂农夫布朗的儿子，嘴皮子利落得很。

“他去哪里了？”微风梅里众兄弟激动地大叫起来。

金花鼠五道眉儿不再叫骂，然后指了指远处的农夫布朗的儿子。他正在草丛里搜寻，想要弄清楚

青蛙爷爷弗洛格的去向。

“我们找的不是他，你这个笨蛋！我们自己有眼睛，看得见他。我们问的是青蛙爷爷弗洛格哪里去了？”微风梅里众兄弟异口同声地大声问道。

“我也不知道，”金花鼠五道眉儿说，“再说喽，我也不关心！”

这可不是实话，金花鼠五道眉儿可不是那种见死不救的人。他就爱这么说话，微风梅里众兄弟们知道这个。他们知道金花鼠五道眉儿跟他们一样，非常关心青蛙爷爷弗洛格。于是，他们对他的话故意充耳不闻，对他那故作神秘的样子也故意视而不见。没过多大一会儿，金花鼠五道眉儿就主动告诉他们，他已经把青蛙爷爷弗洛格救了，他还说，青蛙爷爷弗洛格沿着田间大道去找山泉了。听到这个好消息，微风梅里众兄弟都非常高兴，对金花鼠五道眉儿一顿猛夸。金花鼠五道眉儿乐得也不再骂人了。接下来，微风梅里众兄弟朝山泉那边赶去。他们一边赶路，一边高兴地跳着舞。他们觉得青蛙爷爷弗洛格肯定已经安全无事，等一下他们看到的一

“这正是我担心的事情！”青蛙爷爷弗洛格哽咽着说，“他要是来这里喝水，肯定会看见我的，这里连躲的地方都没有。”

定是青蛙爷爷舒服惬意的样子。

“您好，青蛙爷爷弗洛格！”他们一边眯着眼睛朝山泉里看，一边冲着青蛙爷爷弗洛格大声喊叫，“您觉得您的新家如何呀？”

青蛙爷爷弗洛格没有吱声。他只是骨碌碌地转着他那双圆鼓鼓的大眼睛，它们里面含满了泪水。

“呃——呃——呃，青蛙爷爷弗洛格，您现在又怎么了？”他们急忙问道。

“呱呱，”青蛙爷爷弗洛格回答道，他的声音听起来非常悲伤，“我出不去了。”

微风梅里众兄弟这才注意到那些滑溜溜的高墙。青蛙爷爷弗洛格在这么深的水里，他们知道他确实没办法跳上来。他们试着把长在山泉周围的那些草叶弄弯，顺着桶壁放下去。可是，那些草叶都不够长，根本伸不到水桶里的水面上。要是仔细想一下，他们就会知道，就算草叶够长，青蛙爷爷弗洛格也没有办法顺着草叶爬上来，门儿都没有。然后，他们打算拿起一根粗木棍放到木桶里。可是，木棍又太重了，他们根本拿不动。最后，他们终于把一张

旧薄板吹了进去，这样，青蛙爷爷弗洛格起码有个地方坐了。这让他稍稍宽慰了一些。做完这些，他们搜肠刮肚地说了一些安慰的话，来劝解青蛙爷爷弗洛格。他们告诉青蛙爷爷弗洛格，除非他恰好被农夫布朗的儿子瞧见，不然，他待在这里不会有什么危险。

“这正是我担心的事情！”青蛙爷爷弗洛格哽咽着说，“他要是来这里喝水，肯定会看见我的，这里连躲的地方都没有。”

“也许他不会来呀。”微风梅里众兄弟中的老大抱着侥幸的心理说。

“就算他真的来了，您也可以躲在那张旧薄板下面呀。这样，他就不会看到你了。”老二说。

听了这些话，青蛙爷爷弗洛格精神为之一振。“没错！”他说道，“真是个好主意，我来试试看。”

他们中的一个人留下来把风，留意着农夫布朗的儿子是否会回来。其他人则分头出发，去找能够帮助青蛙爷爷弗洛格摆脱新麻烦的人了。

青蛙爷爷弗洛格的麻烦越来越多

一头扎进去，退路找不出；

三思而后行，才能走正途。

青蛙爷爷弗洛格有大把的时间去搞清楚上面这两句话的意思。他活似一个犯人被困在山泉里，坐在微风梅里众兄弟给他吹进来的旧薄板上。他反反复复地思考那个简单至极的词——如果。如果他没有离开微笑池塘，如果他不那么固执地一心要上路，如果他不那么火急火燎，如果他在跳进去之前能先思考一下——是啊，这些如果中的任何一个都可以让他不至于陷入现在的困境之中。

待在这个山泉里也没有多么糟糕。也就是说，要是不用担心农夫布朗的儿子的话，待在山泉里其实也没什么不好。青蛙爷爷弗洛格生怕农夫布朗的儿子会在喝水的时候看见他。结果，每每想眯一小会儿的时候，他就会被噩梦惊醒。一想到自己可能会再次落入农夫布朗的儿子之手，他就浑身冒冷汗。那个负责把风的微风告诉他农夫布朗的儿子正朝这边走来时，可怜的青蛙爷爷弗洛格一时间竟然吓傻了，那个微风喊了他好几次，让他藏到旧薄板底下，他都没有听见。

最后，他才回过神儿来，而后深深地吸了一口气，钻进水里，藏到了那块旧薄板的下面。他藏得真是太及时了。没错，朋友们，他藏得真是太及时了。要不是农夫布朗的儿子的脑袋里还在想着其他事情，他肯定会注意到水面上的那些小波纹的。那

是青蛙爷爷弗洛格钻进水里时弄出来的。正因为他正想着其他事情，所以一直等到他用杯子舀第二杯水时，才看见漂在水面上的那块旧薄板。

“啊哈！”他大叫道，“这肯定是刚刚被风吹进来的。我昨天来的时候水里还没有它呢。泉水这么好喝，里面可不能有这样的东西。”

说完，他伸出手去捞那块旧薄板。这时，躲在旧薄板底下的青蛙爷爷弗洛格彻底绝望了。那个负责放风的微风一直躲在旁边。他焦虑万分地看着这一切。在他弄明白农夫布朗的儿子的目的后，他又玩儿起那个老把戏来——把农夫布朗的儿子头上的帽子吹掉了。其实，除了这个办法，他根本不知道自己还能做什么。农夫布朗的儿子把帽子追到手，因为还有其他事情要做，便拿着帽子急忙离开了，把旧薄板的事情抛到了脑后。

“呱呱！”青蛙爷爷弗洛格一边叫，一边从旧薄板底下游出来，翻身爬到薄板上，“真是死里逃生。再来这么几次，我肯定会被吓死的。”

接下来的很长一段时间里，什么事情也没有发生。就在青蛙爷爷弗洛格想知道睡一会儿会不会安全时，他猛地抬头，却看见木桶上方有两只眼睛正盯着自己。那是两只泛着绿光的黄眼珠，它们正一眨不眨地盯着他。青蛙爷爷弗洛格也盯着它们看。他好奇极了。但是，他看不出它们是谁的眼睛。他以前从没见过这双眼睛。他非常害怕，又犹豫不决，所以没有及时逃命，而是把全部精力都放在了那两只眼睛上面，没有注意到一只毛茸茸的长爪子正慢慢地、非常缓慢地朝他伸过来。这只爪子离他越来越近，越来越近。突然间，那只爪子闪电一般朝他扑了过来。青蛙爷爷弗洛格感到有两只锋利的爪子

紧紧抓住了他那黄白相间的背心，还没等他张开嘴叫出声来，就被高高地拎起，然后被四脚朝天地扔在了草丛里。噗的一声，两只爪子把他摁在地上，那两只泛着绿光的黄眼珠离他不足一尺远。原来是农夫布朗家的黑猫普茜。

重返亲爱的微笑池塘

黑猫普茜玩儿得很开心。青蛙爷爷弗洛格却很痛苦。黑猫普茜把一只爪子伸到青蛙爷爷弗洛格的身子底下，然后把他高高地抛到空中。这实在太好玩儿了。她又假装走开，其实是藏了起来，等到青蛙爷爷弗洛格想要逃跑时，她再突然出现，把他扑倒，把他翻过来，又翻过去。这更有趣。可是，青蛙爷爷弗洛格一点都不觉得有趣。首先，他不知道黑猫普茜喜不喜欢吃青蛙，因此怕得要命。其次，黑猫普茜并不是每次都会收起她的利爪，那些尖锐的指甲很容易就刺穿青蛙爷爷弗洛格穿的那件黄白相间的背心，扎得他生疼。因为那里是他全身最柔软的地方。

最后，黑猫普茜终于玩儿累了。她衔起青蛙爷爷弗洛格，沿着山泉旁边的那条小路朝田间大道走去。青蛙爷爷弗洛格没有挣扎，这恰恰是最好的选择。因为他要是挣扎的话，黑猫普茜反而会把他衔得更紧。那样，他会更不舒服的。

“完了，我的死期到了！”青蛙爷爷弗洛格嘟囔着，“我很快就会被吃掉的。上帝啊，为什么，我当初为什么非要离开微笑池塘啊？”

黑猫普茜踏上田间大道的当儿，青蛙爷爷弗洛格听到一个非常熟悉的声音。口哨声，欢快的口哨声。是农夫布朗的儿子的口哨声。口哨声离他们越来越近，一丝希望竟然在青蛙爷爷弗洛格的心里油然而生。他也不知道为什么，但希望的确已经产生。一直以来，他最害怕的人就是农夫布朗的儿子，可是现在——要是能被农夫布朗的儿子抓住就好了，他依然有机会从农夫布朗的儿子手里逃脱，上次就是明证。但是，青蛙爷爷弗洛格心里非常清楚这辈子他休想从黑猫普茜的手中逃命，想都别想。

口哨声离他们又近了一些，黑猫普茜停下了脚步。这时，她的嗓子深处传出一种奇怪的咕噜声。

“你好，黑猫普茜！你出来找东西吃啊？靠近点，让我看看你都抓到了什么。”一个声音响了起来。

黑猫普茜弓起身子，围着农夫布朗的儿子的腿不停地磨蹭着。这时，她嗓子深处的那个奇怪的咕噜声越来越响，越来越响。农夫布朗的儿子弯下腰，想看看黑猫普茜的嘴里到底叼着什么东西。

“上帝啊，”他惊叫道，“真是不敢相信，这不正是那只从我手里逃脱的老青蛙嘛！普茜，他对你没用。我把他放进我的衣袋里，顺便带回家吧。”

他从黑猫普茜的嘴里接过青蛙爷爷弗洛格，把他放进自己的衣袋里。他拍了拍黑猫普茜，称赞她是一只乖巧的猫，然后他吹着欢快的哨子回家去了。衣袋里黑黢黢的，还不透气。可是，青蛙爷爷弗洛格却一点儿都不介意。在衣袋里待着，总比时时刻刻跟锋利的牙齿和爪子为伴好多了。他很想知道多久之后他们会到家，也想知道到了家后，接下来会发生什么。好像过了很久很久，他才觉得自己被甩到了半空中。接着，他就啪的一声掉在地上，摔得他发出一声闷哼。原来，农夫布朗的儿子把外套脱下来，扔了出去。

口哨声停了。周围一片安静。青蛙爷爷弗洛格静静地等待着，仔细地倾听着周围的动静。可是，他什么声音也听不到。接着，他看到一束光照进了他正待着的那个牢狱一般的衣袋里。他不停地扭动着，然后一下子钻出了衣袋。外面明亮的光线刺得他几乎睁不开眼睛。他用手使劲揉了揉眼睛，然后往四周看去。这里不是农夫布朗的家。猜猜他到底在哪里？呃，他竟然来到了微笑池塘的岸边。农夫布朗的儿子正在一旁钓鱼呢！

“呱呱！”青蛙爷爷弗洛格激动地大叫了起来。微笑池塘一带从来没有人能像他叫得这么大声，这么高兴。“呱呱！”他又叫了一声。然后，他高高地

跳起，一个猛子扎进了亲爱的微笑池塘里，微笑池塘随即也笑开了花。

从此之后，青蛙爷爷弗洛格再也没有动过到大千世界里闯荡的念头。他情愿把那个世界留给住在那里的人们。在经历了各种各样的奇遇之后，别人跟他说起大千世界里的任何事情，他都愿意去相信它。他已经见怪不怪，即使是“话匣子”红松鼠雷德也依然不能让他心动。

伯吉斯的动物世界

桑顿·伯吉斯，美国著名儿童文学作家，自然主义者，自然资源保护论者。1874年出生于美国马萨诸塞州科德角半岛的桑威奇。那一带有着大片的树林和湿地，是野生动物们的乐园。伯吉斯童话故事中的微笑池塘、绿森林、欢笑小溪和老沙窝等就是以这里的池塘和森林作为原型的。

伯吉斯小时候家境贫寒，幼年丧父，中年丧妻，晚年丧子，母亲还身有残疾。1906年，伯吉斯的爱妻尼娜撇下他和年幼的孩子，撒手而去。据说，伯吉斯就是从这个时候开始创作睡前故事，用这些优美、温暖陪伴他的儿子度过没有母爱的童年。1910年，他的第一部作品《西风老妈》面世。在接下来的50年间，伯吉斯笔耕不辍，创作了大量童话作品，取得了卓越的成就。伯吉斯凭借超乎常人的坚强毅力、博大的爱心，成就了非凡的人生，并影响着一代又一代的读者。他一生创作了170余部作品和15000余篇发表在报纸上的专栏作品。

1965年，伯吉斯去世，享年91岁。

伯吉斯在世界上有着深远的影响：

◆美国东北大学于1938年授予伯吉斯荣誉文学学士学位。

◆波士顿自然科学博物馆授予他一枚荣誉奖章，称赞他在“引导孩子们去探索更加广阔的世界”方面做出的卓著贡献。

◆野生动物保护基金会授予他一枚杰出贡献奖

章。

◆伯吉斯去世后，美国奥杜邦协会马萨诸塞州分会出资将他在汉普登的庄园买下，并在原址上建立了“欢笑小溪野生动物保护区”。

◆ 1976 年，伯吉斯协会和伯吉斯博物馆成立。博物馆每年自 5 月底至 10 月中旬对外开放，其宗旨是“激励人们关心、爱护野生动物，保护大自然”。

◆ 1979 年，伯吉斯大自然中心在迪斯卡弗里希尔路成立，此后每年都会有无数参观者慕名前来参加学习班和培训班，学习伯吉斯的大自然保护理念。

◆汉普登的一所中学为纪念他，以他的名字作为校名。

◆ 20 世纪 70 年代，日本一家电视台将伯吉斯的动物童话拍摄成动画片。随后，许多国家引进该动画片。

◆伯吉斯的童话作品迄今已被翻译成瑞典语、法语、德语、西班牙语、意大利语、日语和汉语等多种语言。

卡迪的动物朋友

哈里森·卡迪，美国插画大师。1877 年出生于美国马萨诸塞州的加德纳。他在父亲的引导之下，对大自然产生了浓厚的兴趣，立志用画笔来表现自然之美，并开始模仿霍华德·派尔、弗雷德里克·雷蒙顿、亚瑟·伯德特·弗罗斯特等大师的作品。后来，当地一位名叫帕金斯的油画家收他为徒，教授他绘画。

从1894年开始，卡迪为《哈珀青年人杂志》《布鲁克林鹰报》《时尚好管家》《乡村绅士》《生活》《男孩生活》《星期六晚邮报》等报刊创作了大量插画。卡迪的绘画作品深受广大读者的欢迎，这其中就包括“迪士尼世界”的创始人沃尔特·迪士尼。艾美奖和奥斯卡最佳动画短片奖获得者、纽约大学电影学院教授约翰·康尼扎罗将卡迪列为对沃尔特·迪士尼有着决定性影响的画家之一。卡迪的绘画对其他作家和插画家也产生了深远的影响，这其中就包括“贝贝熊系列”的作者简·贝伦斯坦和斯坦·贝伦斯坦以及“斯凯瑞金色童书”的作者理查德·斯凯瑞。美国艺术档案馆、《纽约先驱报》档案馆以及伯吉斯博物馆都珍藏着卡迪的绘画作品。

卡迪和伯吉斯一直保持着长期的合作关系，为他的“睡前故事”的报纸专栏创作插画，并获得伯吉斯的高度认可。伯吉斯称赞卡迪画笔下的那些动物，诸如彼得兔、臭鼬吉米、蓝松鸦萨米、浣熊鲍比、水獭小乔、水貂比利、麝鼠杰里、青蛙爷爷弗洛格等，“奇妙无比，温柔可爱，犹如来自永恒的魔幻世界”。

卡迪晚年仍一直坚持创作。他于1970年辞世，享年93岁。

精彩评赞集锦

我上小学时……我和我家人常去新罕布什尔州消夏。那里人烟稀少，我只能和我哥哥一起玩……我记得我那时酷爱动物童话，比如说“猪宝弗雷迪”系列和伯吉斯的动物童话等。我还记得在我哥哥忙自己的事而我手头又没有童话可读时，我就会感到百无聊赖，烦躁不安。

——诺贝尔经济学奖得主　乔治·阿克洛夫

我坚定不移地效法我父母，坚持给孩子们读书……为了能更好地为他们读书，我在戴维营、肯纳邦克波特和白宫准备了一大堆书。其中有《圣经故事》、芭芭拉·库尼的《花婆婆》、马丁·汉德福的《沃尔多在哪里》以及伯吉斯的动物童话等。这些书由于经常翻阅，已经快散架了。但我视它们为自己的孩子，依然珍藏着它们。

——美国前总统小乔治·布什的母亲
芭芭拉·布什

卡迪对“迪士尼世界”的创始人沃尔特·迪士尼有着决定性的影响。

——艾美奖、奥斯卡最佳动画短片奖得主
约翰·康尼扎罗

理查德·斯凯瑞的父亲是一位杂货店店主，他们的家境很不错，少年斯凯瑞读到过很多动物童话，其中就包括美国多产作家伯吉斯的动物童话。

——美国学者　鲍比·莱蒙特

用“宝典”一词来形容这套书（伯吉斯的动物童话）一点都不夸张。它让我们想起了那样一个时代——孩子们可以拥有自己的想法，可以让想象力自由驰骋，而不是像现在这样，仅仅是一群程式化的“小大人”。这套书将给家长和孩子们一种全新的体验，让睡前时光变成一段美妙无比的旅程。

——美国著名记者、作家　米奇·德克特

直到有了自己的小孩，我才意识到给孩子读这些睡前故事（伯吉斯的动物童话）是多么的有趣。给孩子们赠送图画书和童话书并不是件难事，但朗朗上口的童话故事总是可遇而不可求。家长们要是想让自己的孩子们和自己获得阅读的愉悦，这些故事将是不二选择。

——美国著名作家、《世界杂志》总编辑

马文·奥拉斯基

后记：动物们的世外桃源

童年生活，对幼年丧父、母亲半残的伯吉斯来说，绝非一曲意趣盎然的田园牧歌。但乐天知命的他始终保有一份“采菊东篱下”的浪漫情怀，每每回忆起科德角半岛，每每回忆起那里的草地和森林，每每回忆起自己在那里的漫游岁月，都喜欢用“美妙甜蜜”来形容。他坦言，他对那段世外桃源式童年生活始终怀有一份眷恋，正是这份眷恋塑造了他

的自然观。虽然“在常人眼里，‘大自然母亲’平淡而乏味”，但伯吉斯始终认为自己在科德角半岛的童年生活充满“世外桃源式的意趣”。这种意趣在他所创造的动物小说世界中无处不在。他为动物们创造的是一个怡然自得的世外桃源。这个世外桃源有着一派理想化的田园风光——在这里，动物们虽然会说话，但它们依照自己的习性生活着。青蛙爷爷弗洛格虽然会说话，虽然穿着漂亮的夹克，但它的行为是一只青蛙的行为，并没有被拔高到人类行为的高度。同样，彼得兔、浣熊鲍比、狐狸雷迪等，都依照自己的天然属性生活着。从这个意义上讲，这些故事和《柳林风声》一样，是真正意义上的动物故事。

在这个风景旖旎的世外桃源里，物竞天择的自然法则虽然无法抗拒，但小动物们始终能通过守望相助，过着惊险刺激而又丰富多彩的生活。它们热衷于在田间、草丛里、树林里、池塘中、洞穴里、蓝天中玩耍嬉戏，喜欢四处找乐子；有时候，为了满足自己的好奇心，竟然甘冒生命之险……不过，在大多数时间里，它们还是不愁吃，不忧穿。正如伯吉斯在《永志不忘——一个业余自然爱好者的自传》中所描述的那样，它们似乎“有必要就这样长生不老地生活下去”。

在这个世外桃源里，时间似乎永远静止——春天的时光总是很长；冬天来临后，那些不需要冬眠的动物虽然会挨冻、受饿，但永远不会被冻死，也不会被饿死。在这个世外桃源里，死神似乎永远不会光顾。伯吉斯坦言，“有时候，忘却那些冷冰冰的科学事实和知识……欣赏光怪陆离的幻想世界……是一件愉悦的甚至是有益无害的事”。

在这个世外桃源里，人类只是边缘角色，很少闯入这里。在绝大多数时间里，人类只在农场里活动，那些农场和它周围的动物世界一样，也具有世外桃源的色彩。即使有偷猎者闯入，动物们也能通过守望相助让他们无功而返。在伯吉斯的笔下，那些动物在芳草地、绿森林、微笑池塘、欢笑小溪一带经历着一次又一次奇遇，而和这些地方毗邻的农夫布朗的农场只是一个背景。农夫布朗的儿子——

刚出场时，他是一位猎人的形象，动物们看到他都会望风而逃。不久，他成为一位动物保护者和救助者，偶尔会突然闯入动物们的世界，而那些动物——臭鼬吉米和负鼠比利大叔是它们中的代表人物，它们俩一想到鸡蛋就会垂涎三尺——则经常悄悄地溜进农夫布朗的农场里的养鸡场去偷鸡蛋吃。

但是，这些动物一旦离开那个充满欢笑的理想世界，溜进陌生的世界，它们马上就会失去安全感，经受着不安和恐惧的侵扰。它们最终会选择逃回它们的世外桃源。这正应了那句“金窝，银窝，不如自己的草窝”的俗语。

细细想来，伯吉斯笔下的这个世外桃源何尝不是人类几千年来孜孜以求的理想世界。从这个意义上讲，伯吉斯的价值观其实就是人类所共同追求的理想境界。因此，他的作品不仅适合儿童阅读，同样也可以让成年人获得感悟。

李现刚